오드아이 프라이데이

오드아이 프라이데이

한정영 장편소설

사계절

차례

백설공주와 고양이 도둑들

애당초 백설공주를 훔친 것이 잘못이었다.

지난 토요일 정오 무렵, 우리—미친! 어째서 내가 저런 놈들과 '우리'란 말이야—는 '좋은 물건'을 구하기 위해 한나절이나 거리를 쏘다녔다. 학교 뒷문 아래 골목으로, 재래시장 언저리에서 주공 아파트 3단지로, 그 너머 재개발 공사 중인 달동네까지. 하지만 두 시간 동안 눈에 띈 건, 코리안 쇼트헤어 몇 마리와 짝퉁 벵골고양이 한 마리뿐이었다. 대형 마트 건널목 앞에서 본 녀석도 그레이 태비인 줄 알았는데, 자세히 보니 역시 잡종이었다.

그러다가 눈부시도록 희디흰 고양이를 발견한 것은 학교 정문 앞의 아이파크 7단지 놀이터에서였다.

"저거 좀 비싸겠다. 샴이지?"

형주가 먼저 고양이를 발견하고 나에게 물었다. 김밥천국에서 3년이면 잠꼬대하다가도 김밥을 싼다더니, 도둑놈 주제에! 하긴 샴고양이는 다른 고양이들보다 구분해 내기 쉬우니까.

고양이는 미끄럼틀 위에서 졸고 있었다. 길고양이는 아니었다. 윤이 날 정도로 하얗고 털이 가지런히 정리되어 있는 것으로 보아, 정성 들여 보살핀 흔적이 역력했다. 나는 주인이 있는 고양이가 분명하다고 말했다.

하지만 형주는 "그래서 뭐?" 하는 표정으로 입을 쑥 내밀어 보였다.

자기가 알 바 아니라는 거였다. 옆에 있던 준호와 우진이도 인상을 찌푸렸다.

별수 없었다. 나는 백팩에서 사료를 꺼내 고양이 앞으로 다가갔다. 사람의 손을 타서 그런지 녀석은 별로 경계하지 않는 듯했다. 잘됐다 싶어서 얼른 사료를 내밀었다. 고양이는 잠깐 고개를 돌렸다가 곧바로 사료를 물었다. 나는 손을 뻗어 고양이의 턱 아래를 쓰다듬었다. 그러자 녀석은 완전히 경계를 풀고 손등에 머리를 비벼 댔다. 머리와 배를 쓸어 준 다음, 나는 두 손으로 고양이를 들어 올렸다.

"야아아옹!"

울면서 고양이는 가슴을 파고들었다.

"잘했어!"

그러더니 형주는 내게서 얼른 고양이를 빼앗아 갔다. 이럴 때마다 느끼는 거지만, 똥 밟은 신발 밑창을 질겅질겅 씹는 기분이었다.

그런데 그날 저녁, 집으로 돌아가다가 바로 그 놀이터에서 예닐곱 살쯤 된 여자아이와 마주쳤다. 여자아이는 샴고양이가 앉아 있던 미끄럼틀 아래에서 울고 있었다. 손에는 고양이가 인쇄된 종이를 들고 있었는데, 한눈에 봐도 낮에 붙잡아 형주에게 준 바로 그 샴고양이였다. 옆에서는 아이의 엄마로 보이는 아줌마가 재촉하고 있었다.

"미소야, 제발 그만 좀 집에 가자. 백설공주는 금방 돌아올 거야!"

나는 얼굴이 화끈 달아올라 발걸음을 재촉했다.

그런데 여자아이가 들고 있던 고양이 포스터가 아파트 단지 안 곳곳에 붙어 있었다. 아니, 단지 뒤쪽 골목길에도 군데군데 포스터가 붙어 있었다.

잃어버린 고양이를 찾습니다.

이름 : 백설공주

종류 : 임컷 샴고양이

색깔 : 흰색

나이 : 한 살 반

잃어버린 곳 : 아이파크 7단지 놀이터

아이가 삐뚤빼뚤 쓴 글씨를 나는 몇 번이나 읽고 또 읽었다. 그러고는 생각했다. 내가 도대체 무슨 짓을 한 걸까.

이튿날 늦은 오후에도 그 놀이터에서 아이와 또 마주쳤다. 지나가는 나를 눈물이 그렁그렁한 눈으로 쳐다보는데 차마 마주 볼 수가 없었다. 얼른 외면하고 지나쳤지만 아이의 울음소리가 쫓아오는 것 같아 몇 번이고 뒤를 돌아봐야 했다. 그래서 그다음 날에는 일부러 먼 길을 돌아서 학교에 갔다. 그러느라 10분이나 지각을 했다. 물론 집으로 돌아올 때도 아파트를 가로지르는 지름길을 피했다. 하지만 포스터는 큰길가에도 붙어 있었고, 그걸 볼 때마다 여자아이의 얼굴이 생각났다. 그 여자아이는 마침내 꿈에까지 나타나 고양이를 내놓으라며 울어 댔다.

결국 나는 고양이를 돌려주기로 마음먹었다.

어제 오후, 형주를 찾아가 말했다.

"그 고양이를 산다는 사람이 있어."

형주는 반색을 했다.

"뭐? 얼마에? 난 인터넷에 이십만 원에 내놨는데, 그 가격에 산대?"

나는 고개를 끄덕였다.

"좋아! 그럼 같이 가자!"

아뿔싸!

팔아 준다는 핑계를 대고 그냥 아이한테 돌려주려던 계획이었는데. 할 수 없이 고양이를 안고 형주와 함께 아파트 놀이터로 갔다. 별의별 생각이 다 들었다. 만약 아이가 없다면? 아니, 있더라도 고양이를 어떻게 전해 줘야 하지? 형주가 옆에 있는데!

나는 일단 놀이터 쪽으로 갔다. 그러나 매일 눈에 띄던 아이가 보이지 않았다.

"왜 하필이면 여기야? 이러다 주인이라도 만나면 어쩌려고?"

눈치가 빠른 놈이다. 나는 못 들은 체했다. 그리고 두리번거렸다.

"어떻게 된 거야? 전화해 봐. 시간 지났잖아."

형주가 재촉했다. 하는 수 없이 나는 휴대폰을 꺼내 번호를 누르는 시늉을 했다. 그리고 귀에 한참을 대고 있다가 말했다.

"안 받아. 아마 지금쯤 오고 있을 거야."

그런데 연신 사방을 힐긋거리던 형주가 낮은 목소리로,

"아무래도 여긴 안 되겠어. 찜찜해. 빨리 메시지 보내서 우리 학교 앞으로 오라고 해."

하는 거였다. 도둑이 제 발 저린다더니, 딱 그 모양이었다.

놈은 내 팔을 잡아당겼지만, 나는 버텼다.

"조금만 더 기다려 봐."

그때 102동 3호 출입구에서 아이가 나타났다. 그 뒤로는 아이의 엄마가 따라 나왔다. 나는 재빨리 전화기를 다시 꺼내 귀에 댔다.

"여보세요? 아, 네! 알겠어요."

"왔대?"

"응. 고양이 이리 줘."

"어? 그래."

내가 재촉하자 형주는 고양이를 내밀었다.

고양이를 받아 들고 아이에게 잰걸음으로 다가갔다. 몇 발짝 앞에서 아이가 나를 쳐다보았다.

"꼬마야, 이 고양이 네 거지?"

여자아이가 반색을 했다.

"백설공주다!"

나는 얼른 아이에게 고양이를 안겨 주었다. 그러자 옆에 서 있던 아이의 엄마가 말했다.

"어, 학생……."

아줌마의 말은 채 듣지도 않고 102동 뒤쪽으로 뛰었다.

"야, 이 새끼야! 너 뭐 하는 거야?"

낌새를 알아챈 형주가 달려왔다.

"너, 거기 안 서?"

흥! 꿈도 꾸지 마라! 속으로 비웃으며 한달음에 102동 뒤편의 개나리 울타리를 넘었다. 그리고 뒤도 돌아보지 않고 축대 아래쪽으로 뛰어내렸다. 그런 다음 위를 올려다봤더니, 형주가 그 위에서 씩씩대고 있었다.

다행히 며칠 동안은 별일이 없었다. 아침에는 골목길을 돌고 또 돌아서 최대한 늦게 학교에 갔고, 쉬는 시간과 점심시간에는 교무실 언저리를 맴돌았다. 그렇게 용케 피해 다녔는데, 오늘 7교시가 시작되기 직전 형주가 교실까지 찾아와 내 어깨를 짚고 말했다.

"오늘은 못 도망칠걸. 수업 끝나고 조용히 옥상으로 올라와. 알았지?"

놈이 돌아간 뒤에도, 8교시가 끝난 지금까지도, 놈의 입 냄새가 오래도록 코끝에 남아 있었다.

"아무튼 다음 주에는 독립 기념관으로 현장 학습 가니까, 조별로 미리 준비해 두도록 해. 이상! 반장은 청소 끝나면 검사 맡고."

담임의 말이 끝나자마자 나는 백팩을 집어 들었다. 고개를 돌려 뒤에서 세 번째 창문이 열려 있는 것을 다시 한 번 확인하면서 동시에 한 발을 통로 쪽으로 빼냈다. 이어 담임이 앞문을 열고 나가는 순간, 잽싸게 일어나 책상 사이를 달려 나갔다.

창문 쪽으로 방향을 바꾸자마자 속력을 더 냈다. 창문까지는 4, 5미터. 먼저, 열린 창문으로 백팩을 던졌다. 곧이어 위쪽 창틀을 붙잡고 백팩이 빠져나간 그 틈새로 몸을 날렸다. 언더 바*쯤이야!

"이루미! 거기 안 서?"

몸이 창문을 통과하는 순간, 거친 목소리가 날아왔다.

나는 몸을 동그랗게 말아 팔과 어깨부터 땅에 닿도록 몸을 굴렸다. 착지 낙법. 훗! 이제 이 정도는 가뿐하다. 스스로가 대견해서 나는 씩 웃었다. 하지만 아직은 긴장을 놓을 때가 아니었다.

"너, 잡히면 쳐 맞는다!"

백팩을 주워 들려는데, 형주와 한패인 우진이가 창문 밖으로 고개를 내밀고 소리쳤다. 나는 들은 체 만 체하고 뒷문 쪽으로 내달렸다. 형주와 준호네 반이 늦게 끝났기를 바라면서.

그러나 오늘만큼은 하늘이 내 편이 아니었다. 3학년 교사(校舍) 모퉁이를 돌자마자 뒷문 앞에서 서성대는 형주와 준호의 모습이 보였다. 두 놈은 뭐가 그렇게 재밌는지 얼굴을 맞대고 킥킥거리고 있었다. 옥상에 있어야 할 놈들이 왜 저기에 있는 거야!

"에이, 씨……."

하는 수 없었다. 나는 중문 쪽으로 방향을 틀었다. 달리면서 백팩의 끈을 더 바짝 조였다. 하지만 그때 준호가 나를 발견

---

* Under Bar : 열린 창문이나 난간과 난간 사이의 공간으로 빠져나가는 프리러닝의 기술.

하고 쫓아오기 시작했다.

"너 이 새끼, 튈 줄 알았어. 잡히면 죽는다!"

오늘 잡히면 죽는 거 안다. 또 명치를 앞발로 찍어 차겠지. 옆구리를 걷어차거나. 그러면 5분쯤은 숨도 못 쉴 거야. 그 기분, 얼마나 더러운데! 그래서 나는 더 힘을 내 달렸다. 담장을 따라 미친 듯이 뛰었다. 이럴 때는 다리가 짧은 게 원망스럽다. 3학년씩이나 돼 가지고 162센티가 뭐냐고!

그러나 그보다 더 나쁜 건 중문이 닫혀 있다는 거였다. 아, 이런 미친!

정문으로 방향을 돌릴까, 잠깐 생각했지만 자신이 없었다. 형주는 몰라도 준호는 만만히 볼 상대가 아니었다. 초등학교 때 육상 선수를 했던 녀석이라 달리기 하나만큼은 빨랐다. 다리 길이만 해도 내 허리에 닿을 정도니까. 운동장을 가로지르기 전에 아마 놈은 내 뒷덜미를 잡아 패대기를 칠 거다.

재빨리 중문 앞을 살폈다. 수위 아저씨의 오토바이가 문 앞에 세워져 있었다. 그나마 다행이라는 생각이 들었다.

나는 더 속력을 내서 오토바이 안장 위로 뛰어올랐다. 그 탄력을 이용해 중문 기둥 옆의 담장 쪽으로 손을 뻗었다. 가까스로 담장 끝에 손이 닿았다. 나는 담벼락을 발끝으로 찍으면서 담장 위로 기어올랐다. 예상대로 준호가 담장 바로 아래까지 쫓아와 있었다.

"이 새끼, 너 잡히면 뒈진다! 이십만 원어치 얻어터질 줄 알

아. 천 원에 한 대씩!"

놈의 말대로 하면 도대체 몇 대를 맞아야 하는 거지? 아, 저 초딩스러운 새끼! 하지만 충분히 그러고도 남을 놈이라는 게 더 문제였다. 나는 담장 아래로 뛰어내렸다. 그리고 또 달렸다. 내리막길이었다. 자꾸만 무릎이 접히려 했다.

분식집이 있는 골목 중간쯤에서 나는 잠시 멈추었다. 숨을 몰아쉬고 뒤를 돌아보았다. 아무도 없었다. 닫혀 있는 중문 앞으로 검은색 길고양이가 휙 지나갔을 뿐이었다.

나는 전신주 아래에 주저앉았다.

이래도 되는 걸까. 하루 이틀 도망 다닌다고 될 일이 아닌 것 같은데. 이건 무슨 숨바꼭질도 아니고! 기운이 빠졌다. 도대체 어쩌다가 고양이 도둑이 되어 버린 걸까? 아빠는 고양이를 지켜 주라고 했는데……. 그래서 고양이와 친해지는 법도 가르쳐 주고 말을 나누는 법도 가르쳐 준 건데, 그걸 고양이 훔치는 데 써먹다니! 별의별 셔틀이 다 있다지만 '고양이 셔틀'은 또 뭔가! 이건 아마 내가 원조일 터. 그런 생각을 하니 사흘 신은 양말을 입에 물고 있는 기분이었다.

"너 나 알지?"

3학년이 된 지 꼭 이틀째 되던 날이었다. 교문을 나서려는데 형주가 앞을 막고 물었다. 나는 고개를 끄덕였다. 모를 리가 있나! 오종종한 얼굴에 눈과 코, 입이 한가운데를 향해 모여 있는 중앙 집중형 비주얼을!

“얘네들한테 듣자 하니, 고양이랑 친하다며? 말도 하고 그런다는데……?”

옆에는 같은 반 우진이가 서 있었다.

“그런데 왜?”

나는 경계하며 한 걸음 물러섰다. 형주의 비주얼은 누가 봐도 코믹이었지만, 그래도 놈은 악명 높은 일진이었다.

“다른 뜻은 없어. 그냥 길고양이 몇 마리만 잡아 주면 돼.”

그 말에 나는 왜냐고 짧게 물었다.

“키우려고!”

놈의 대답도 간결했다.

물론 오랫동안 길고양이를 돌본 나로서는 고양이 한두 마리쯤 데려오는 건 일도 아니었다. 그래서 놈의 말을 곧이곧대로 믿고 ‘터키 신사’를 먼저 데려다 주었다. 터키시반이라는 종의 짝퉁이었는데, 별명은 내가 붙여 준 거였다. 녀석은 내 얼굴을 익힌 뒤에도 다른 고양이들처럼 어리광 한번 피우지 않았다. 점잖게 사료만 먹고 남의 집 처마 밑으로 사라지곤 했었다.

그다음 날, 형주는 두세 마리 더 있으면 좋겠다고 했다. 나는 아무 의심도 없이 두 마리를 더 데려다 주었다. 길거리에서 흔히 볼 수 있는 검은 고양이나 누런 고양이들이었다.

그런데 놈은,

"이런 거 말고, 좀 귀한 종 있잖아. 그런 거는 없어?"

했다. 그 이유를 아는 데는 시간이 오래 걸리지 않았다.

형주는 그 고양이들을 돈을 받고 팔았다. 조금 값이 나가겠다 싶으면, 깨끗하게 씻기고 싸구려 장신구로 치장한 다음 사진을 찍어 '뽀샵질'을 한 뒤 인터넷 장터에 올리는 식이었다. 그 사실을 알고서 나는 고양이를 더는 잡아 올 수 없다고 선언했다.

그러자 형주는 기다렸다는 듯 되쏘았다.

"누구 맘대로?"

그러더니 신발을 벗어 뺨을 때렸고, 발끝으로 명치를 내질렀으며, 옆구리를 걷어찼다. 그리고 이내 속마음을 드러냈다.

"꼭 길고양이일 필요는 없지 않아?"

고양이를 훔쳐 오라는 거였다. 놈의 매운 손맛을 보았기 때문에, 나는 시키는 대로 할 수밖에 없었다. 공원과 골목길을 누비고 다니면서 아비시니아고양이와 혼혈 벵골고양이 한 마리, 샴고양이 두 마리, 코리안 캣과 혼혈인 페르시아고양이 한 마리를 훔쳤다. 그리고 형주에게 건네주었다. 그러면 놈은 그것을 인터넷에 올려서 적게는 몇 만원씩, 많게는 몇십만 원씩 받고 팔아넘겼다.

그렇게 나는 고양이 도둑이 되었다.

"저기 있다! 잡아!"

"너 잡히면 오늘 제삿날인 줄 알아!"

생각 좀 하느라 너무 오래 앉아 있었나 보다. 뒤를 돌아보니 형주와 준호가 언덕길을 달려 내려오고 있었다.

나는 다시 뛰기 시작했다. 곧 골목 삼거리가 나타났다. 생각할 것도 없이 마을 아래로 내려가는 오른쪽 길로 가야 했다. 하지만 삼거리 한가운데서 나는 왼쪽으로 꺾을 수밖에 없었다. 오른쪽 길에서 우진이가 나타난 것이다. 나는 골목 끝 녹색 대문 집 앞에 버려진 책상 위로 뛰어올라 담을 탔다.

"서! 거기 안 서!"

쳇! 너 같으면 서겠냐?

나는 계속 담장 위를 달렸다. 그리고 한참 만에 길 쪽으로 뛰어내렸다. 한 번 앞구르기를 하고 일어나 언덕 쪽으로 뛰었다. 놈들과 조금 거리가 벌어졌다. 하지만 오르막길에 이르러 거리는 다시 좁혀졌다.

나는 잽싸게 왼쪽으로 난 골목으로 들어섰다. 그런데 그건 실수였다. 막다른 골목이었고, 정면에는 높은 축대가 가로막고 있었다. 내 키의 두 배는 되어 보였다. 내 실력으로 저런 높이를 뛰어오르는 건 무리였다.

그러나 돌아서기에는 이미 늦었다. 어느새 놈들도 골목을 돌고 있었던 것이다. 잠시 주춤거리다가 오른쪽 벽에 바싹 붙어서 힘껏 달렸다. 벽이 좀 높긴 했지만, 운이 좀 따라 준다면 월 런*이 가능할 것 같았다.

그래! 어차피 이래 죽으나 저래 죽으나 마찬가지겠지. 나는 가속도를 이용해 벽의 오른쪽에서 왼쪽으로 원을 그리며 뛰어올랐다. 그리고 몸이 가장 높이 치솟았다고 느꼈을 때, 발끝으로 벽을 밀었다. 몸이 조금 더 솟구쳤다. 이때다 싶어 나는 재빨리 팔을 뻗었다. 축대 위 철 난간 모서리가 가까스로 손끝에 닿았다.

"됐어!"

그런데 그 순간 뭐가 발목을 붙잡았다. 내려다보니, 어느새 준호가 내 발끝을 붙잡고 매달려 있었다.

"놔!"

나는 발을 흔들었다.

"새꺄! 내가 한 번 놓치지 두 번 놓치겠냐?"

준호가 꼭 붙잡고 놓지를 않았다.

기운이 빠졌다. 축대 난간을 붙잡고 있는 손이 점점 미끄러졌다.

"으으으."

더 버텨 낼 재간이 없었다. 아, 씨! 오늘이 내 제삿날이었던

---

* Wall Run : 달려가는 가속도와 점프력을 이용해 건물로 뛰어오르는 프리러닝의 기본 기술.

거야? 어쩐지 엊그제 꿈에 돌아가신 할아버지가 보이더라니!

바로 그때였다. 축대 위쪽에서 뭐가 휙 날아올라 준호의 머리 위를 덮쳤다. 고양이였다.

"으아아악!"

준호는 놀라서 내 발을 잡고 있던 손을 놓고 축대 아래로 떨어졌다. 놈은 곧장 얼굴을 감싸고 주저앉았다. 그 틈에 나는 얼른 축대 위로 올라갔다.

몸을 추스르고 아래를 내려다보니 언제 나타났는지 형주가 고양이를 향해 막대기를 휘둘러 대고 있었다. 고양이는 털을 세워 온몸을 크게 부풀린 채 연신 하악질을 했다. 이어 옆으로 몇 번 폴짝폴짝 뛰었다. 죽기 아니면 살기로 한번 맞서 보겠다는 뜻이었다.

그러나 형주가 작대기를 더 거칠게 휘둘러 대자 고양이는 하악질을 한 번 더 하고는 벽 쪽으로 달아났다. 형주가 욕을 퍼부으면서 뒤를 쫓았다. 고양이는 구석으로 달아나는 듯했는데, 웬걸! 벽을 타고 오른다 싶더니 눈 깜짝할 사이에 형주 쪽으로 다시 튀었다. 오옷! 마치 월 플립*을 하는 것처럼 보였다. 아니, 팜 스핀 게이너**에 가까운가? 어쨌든 고양이는 나로서는 죽었다가 깨어나도 못할 것 같은 '현란한 기술(!)'로 몸을

* Wall Flip : 달려가다가 벽을 차고 뒤로 회전하는 기술.

** Palm Spin Gainer : 벽을 한 손으로 짚고 엑스 자로 회전하는 고난도 기술.

뒤틀더니, 형주의 얼굴을 마구 할퀴었다.

"아아!"

형주가 얼굴을 감싸며 주저앉았다. 그사이 고양이는 한쪽 담장 아래 세워져 있던 손수레 위로 튀어 올라갔다.

"야! 저거 뭐야!"

"우어어! 너네들 얼굴에 피 난다."

형주의 호통에 우진이가 둘을 바라보며 말했다.

"아아! 씨발, 루미, 너 이 새끼!"

형주가 축대 위를 올려다보며 소리쳤다.

나는 막 담장을 타고 지붕 위로 올라간 고양이를 쳐다보고 있었다. 검푸른 빛이 도는 러시안 블루였다. 내 눈앞에는 아직도 방금 전 녀석이 펼쳐 보인 초고난도 동작들이 어른거렸다. 그 잔상이 채 사라지기도 전에 고양이는 지붕 뒤편으로 넘어갔다.

'설마, 저 녀석이 나를 구해 준 건가?'

상황으로 보아선 그랬다. 마침맞게 그때 고양이가 나타나다니! 그런데 우스운 일 아닌가. 고양이 도둑을 고양이가 구해준다? 이게 무슨 고양이 하품하다가 턱 빠질 소리인가!

형주 목소리가 축대 위까지 울려 퍼졌다.

"너 이 새끼, 월요일에 학교에서 보자. 가만 안 둘 테니까!"

형주가 주먹을 들어 보였다.

학교? 흥! 안 가면 되지.

오드아이

틀림없이 누가 내 뒤를 쫓고 있었다. 한 시간쯤 축대 위의 빈집에 숨어 있을 때는 느끼지 못했다. 아니, 깜빡 잠들었기 때문에 눈치채지 못한 건지도 모른다. 어쩌면 놈은 빈집에 들어가 앉아 있을 때부터 나를 엿보고 있었는지도 모를 일.

놈은 내가 걸음을 빨리하면 덩달아 빨리 쫓아왔고, 천천히 걸으면 똑같이 속도를 줄였다.

누굴까? 형주 패거리일까? 그렇다면 왜 진작 덮치지 않았을까? 그럼 형주 패거리가 아닐 수도 있다. 아니라면 누구란 말인가? 갑작스레 소름이 돋았다.

내려오는 길 양옆은 허물어진 집들뿐이었다. 무너지지 않은 벽에는 빨간 래커로 '재개발 중지하라, 생존권 투쟁!' 따위의 글씨들이 쓰여 있었다. 그런 살벌한 문구 틈에 '윤서♡진우'라고 쓰인 낙서도 보였다.

키 낮은 담벼락 안쪽에는 잡풀이 무성하게 자라 있었다. 온갖 쓰레기는 물론, 오래돼서 못 쓰게 된 가재도구들이 어지러이 널려 있었다. 담장이 절반 넘게 허물어진 곳도 있었다.

재개발 예정 지구 10-1공구

언덕 위에 반듯한 글씨를 새긴 흰색 현수막만 빼고는 모든 게 흐트러지고 찢어지고 깨져 있었다.

푸드득, 쿵! 쨍그랑!

뭐가 부딪치고 깨지는 소리가 들렸다. 재빨리 뒤를 돌아보았다. 아무도 없었다. 바람 때문에 빈집의 방문이 여닫히는 소리였다. 안 되겠다 싶었다. 그게 누구건 따돌려야겠다는 생각이 들었다. 나는 백팩의 끈을 꽉 조여 매고 뛰었다.

계단을 몇 개씩 한꺼번에 뛰어내리고, 발이 땅에 닿자마자 몸을 굴렸다. 가속도 때문에 몸이 앞으로 튕겨 나갔다. 그 탄력을 이용해서 바로 앞의 난간을 훌쩍 뛰어넘었다.

콩 볼트!*

아래는 철거한 집의 지붕이었다. 그 지붕을 타고 이웃집 지붕으로 건너뛰었다. 깨진 항아리 조각 때문에 착지할 때 미끄

* Kong Vault : 달려가는 가속을 이용해서 양손을 짚고 담을 넘는 기술.

러질 뻔했지만, 가까스로 균형을 잡았다. 이어 옆쪽 담장으로 건너가 담장 위를 쪼르르 달려갔다. 그리고 끝에서 훌쩍 뛰어내렸다. 연속해서 굵은 나뭇가지를 잡고 방향을 90도로 틀었다. 곧바로 평평한 길이 나왔다. 온 힘을 다해 속력을 냈다. 그리고 다시 한 번 왼쪽으로 방향을 꺾어 내리막길로 들어섰다.

바로 거기서 사이드 플립!* 나는 몸을 한 번 비틀며 공중회전을 했다. 귓가에 휘잉, 하는 소리가 났다. 몸이 떠올랐다가 무사히 땅에 닿았다고 느끼는 순간, 내 몸은 가속도를 이기지 못하고 담벼락 아래로 처박혔다.

"으으아앗!"

눈을 떠 보니 쓰레기봉투가 머리를 누르고 있었다.

"에이, 씨!"

투덜거리며 일어났다. 그래도 이쯤이면 누구였든 따돌렸을 거라 생각했다.

그런데 그때, 기다렸다는 듯이 무언가 앞으로 휙 달려들었다. 나는 깜짝 놀라 그 자리에 우뚝 섰다.

고양이였다. 아, 씨! 오줌 쌀 뻔했네.

"야! 놀랐잖……."

소리를 버럭 지르다가 말았다. 뜻밖에도 아까 준호를 덮친 바로 그 고양이였다. 나는 침을 꿀꺽 삼켰다.

---

* Side Flip : 옆으로 몸을 회전해서 착지하는 동작.

"야아아옹!"

고양이가 꼬리를 들어 수평을 유지했다. 경계하지는 않겠다는 뜻? 그러고는 꼬리를 세워 가만히 흔들더니 귀를 양옆으로 살짝 기울이다가 곧 옆으로 늘어뜨렸다. 눈까지 반쯤 감고 입맛을 다셨다. 정말 뜻밖이었다. 이건 완전히 무장 해제했다는 건데, 대체 나를 언제 봤다고?

"마, 맞니? 아까 나를 구해 준?"

그 물음에 대답하듯, 고양이는 한 번 더 울었다.

"야아아아옹!"

녀석은 무슨 의사 표시라도 하려는 듯 자꾸만 몸을 움직였다. 건물을 쳐다보며 딴청을 부렸고, 고개를 숙이고 제 앞가슴을 핥기도 했다. 분명한 건, 저런 동작들이 모두 친근한 사람 앞에서나 하는 것이라는 사실. 아무래도 이 녀석은 오지랖이 넓거나, 내 사료에 손을 댄 적이 있는 고양이일 거다.

"넌 내가 아는 고양이가 아닌 것 같아. 맞지? 이 동네에 처음 왔니?"

나는 이렇게 말하며 다가가다가 곧 멈칫했다. 녀석이 또 한 번 나를 놀라게 했다. 오드아이(odd-eye)였다. 한쪽은 황갈색이고 다른 한쪽은 초록색인! 특히 초록색 눈이 유난히 푸르게 빛났다.

나는 무릎을 굽히고 앉았다. 천천히 손을 뻗었다. 녀석이 낮은 소리로 "야옹!" 하고 울었다. 동시에 내 손에 얼굴을 비비

댔다. 한순간 녀석이 얼굴을 앞으로 향하고 눈을 감았는데, 그때는 영락없이 웃는 모양새였다. 나는 녀석의 목덜미와 가슴, 그리고 머리를 쓸어 주었다. 녀석이 갸르릉거리며 기분 좋은 소리를 냈다. 처음 보는 녀석이 배짱도 좋다는 생각이 들었다.

나는 녀석을 끌어안았다. 털이 매끈하고 부드러웠다. 냄새도 나지 않았다. 길고양이치고는 깔끔한 편이었다. 부러진 발톱도, 몸에 상처 난 곳도 없었다. 집을 나온 지 얼마 안 됐거나 유난히 깔끔을 떠는 녀석일 거였다.

그때, 목에 매달린 인식표가 눈에 띄었다. 엄지손가락 길이만 한 타원형 플라스틱 인식표였다. 한쪽 면에는 울록불록한 고양이 그림이, 그 뒷면에는 주소와 전화번호가 찍혀 있었다.

인천시 강화읍 ××리 108-602번지

011-2453-26××

"뭐야? 이렇게 먼 데서 온 거야?"

혼자 소리를 높인 건 아빠가 했던 말 때문이었다. "길고양이들은 원래 멀리 이동하지 않아. 음, 물론 아주 가끔씩, 자기 생명에 위협이 될 만한 일이 생기면 멀리 떠나기도 하지." 그래서 나는 고개를 갸웃거렸다.

"아무튼 잘 지내자."

말을 알아들은 걸까? 녀석이 까끌까끌한 혓바닥으로 내 손을 여러 번 핥았다.

나는 주머니에서 휴대폰을 꺼내 녀석의 얼굴과 인식표를 찍었다. 새로운 길고양이를 만날 때마다 늘 하던 버릇이었다. 녀석들의 얼굴을 구별하려면 그 방법이 가장 확실했으니까.

"그런데 혹시 네가 나를 뒤쫓아 온 거야?"

일어서며 물었다. 오드아이 고양이가 따라 일어나더니 서너 걸음 걷고서 나를 돌아보았다.

"뭐, 뭐야? 나더러 따라오라는 거야?"

"야아아아아옹!"

"내가 널 언제 봤다고? 어쨌든 난 내려가야겠어."

나는 아래쪽으로 걸었다. 오드아이 고양이와 방향이 같았다. 좁은 골목 네거리가 나타날 때까지는. 그곳에서 오드아이 고양이는 오른쪽 길로 꺾었다. 하지만 나는 왼쪽 길로 가야 했다.

"잘 가! 오늘 정말 고마웠어."

나는 손을 흔들고 걸음을 재촉했다. 내리막길이 가팔라지면서 계단이 나왔다. 그런데 계단 서너 개를 내려왔을 때, 오드아이 고양이의 울음소리가 들렸다. 돌아보니 왼쪽 담장 위로 녀석이 따라오고 있었다. 내가 힐끗 쳐다보면 멈추었다가, 걸어가면 또 쫓아왔다. 계단을 내려갈수록 담장이 점점 높아지는데도 오드아이 고양이는 내가 다 내려갈 때까지 따라왔다. 마침내 계단 끝에 이르자 녀석은 높아진 담장 꼭대기에서 나를 내려다보고 있었다.

웃음이 났다. 저렇게 높은 담장에서라면 더는 따라올 수 없을 테니까. 멍청한 녀석!

오드아이 고양이는 내 머리 위에 있었다. 나는 한 번 더 손을 흔들었다.

그런데 그때였다. 오드아이 고양이가 날아올랐다. 그냥 뛰어내린 게 아니라, 분명 날았다. 녀석은 네 다리를 날개처럼 펼치고 허공을 휘젓더니 담장 반대편의 낮은 지붕 위에 내려앉았다. 좀 어설퍼 보이긴 했지만, 그 모습은 동물 다큐멘터리 프로그램에서 본 적이 있는 하늘다람쥐의 비행(飛行)과 흡사했다. 저놈이 정말 고양이가 맞긴 맞는 걸까?

잠시 뒤 오드아이 고양이는 지붕 위에서 한 번 더 몸을 날려 내 발 앞으로 뛰어내렸다.

"너!"

눈을 맞추고 나서 무슨 말을 꺼내고 싶었는데 말이 나오지 않았다. 조금 겁도 났다. 하늘을 나는 고양이가 있다는 이야기는 들어 본 적이 없었다. 심장이 아까보다 조금 더 빠르게 뛰었다.

"너, 처음부터 나를 쫓아온 거야. 맞지? 나를 구해 준 것도 그렇고……."

입에서 흘러나오는 대로 중얼거렸다. 그러나 오드아이 고양이는 아랑곳하지 않고, 이번에도 앞서 갔다. 그리고 고개를 돌리며 따라오라는 듯한 시늉을 했다. 하지만 나는 뒤로 한 걸음 물러났다.

"아, 안 돼! 난 이만 갈게."

나는 몸을 돌려 큰길로 나섰다. 그러자 고양이가 다시 따라왔다. 뛰었다. 그래도 고양이는 쫓아왔다.

집에 돌아오자마자 나는 책상 맨 아래 서랍에서 큼직한 상자를 꺼냈다.

뚜껑을 열자 맨 위에 지퍼백이 놓여 있었다. 그 안에는 펜던트가 두 개 들어 있었다. 은빛이 도는 작은 것과 구리로 된 큰 것. 작은 펜던트의 크기는 엄지손톱보다 조금 더 컸다. 앉아 있는 고양이 모양이었는데, 앞면은 부조로 새겨서 제법 그럴듯했고, 뒷면에는 내 이름이 새겨져 있었다. 백금이었다. 체인도 은빛인데, 다만 도금이 벗겨져서 군데군데 거뭇했다. 내가 초등학교 5학년 때쯤 아빠가 선물한 거였다.

"자, 네 수호신이다!"

아빠의 그 말이 하도 멋지게 들려서 한동안은 자나 깨나 그 펜던트를 목에 걸고 다녔다. 하지만 아빠가 집을 나간 뒤로 엄마가 보는 데서는 목에 걸고 있을 수가 없었다. 엄마는 고양이를 무지 싫어했으니까.

아빠는 내 것을 본떠서 구리로 된 펜던트를 몇십 개 만들었다. 그리고 그것을 구조 센터에서 분양되어 가는 고양이와 강아지에게 선물로 걸어 주었다. 녀석들의 이름과 연락처는 물론이고 구조 센터 전화번호까지 함께 적어서 말이다.

나는 은색 펜던트를 목에 걸고서 상자 안에 있던 두꺼운 노트 두 권을 꺼냈다. 한 권은 아빠가 만들어 놓은 고양이 백과사전이었다. 아빠가 늘 갖고 다니면서 온갖 사진과 기사를 스크랩하고, 때로는 사진도 직접 찍고 그림도 그려 넣고 메모까지 깨알같이 덧붙여서 만들어 놓은 것이었다. 그래서 고양이에 관한 한 인터넷보다 더 정확하고 방대한 자료들이었다.

다른 한 권은 아빠의 다이어리였다. 한 장 한 장마다 아빠가 구한 동물—고양이가 가장 많았다—에 관한 기록이 빼곡했다.

그 노트 두 권이 아빠가 나에게 남긴 유일한 유품이었다. 엄마가 고양이의 모든 흔적을 없앨 때, 내가 엄마랑 싸워서 간신히 지켜 낸 전리품(?)이기도 했다.

'오드아이, 하늘을 나는 고양이, 러시안 블루…….'

나는 입속으로 중얼거리며 아빠의 백과사전을 한 장씩 넘겨 보았다. 그리고 한 시간 만에 '오드아이'를 다룬 항목을 찾아냈다. 하필이면 아빠가 직접 쓴 글씨였다.

오랜 옛날, 숲 속 깊은 곳에 아주 거대한 나무가 있었다. 나무에는 커다란 가지가 다섯 개 있었는데, 그중 네 개는 동서남북으로 끝없이 뻗어 있었고 나머지 하나는 하늘에 닿아 있었다. 나무는 동서남북의 구름을 모아 비를 내리게 했고, 하늘을 향해 뻗은 가지에서 불을 가져와 땅 위의 인간에게 전해 주었다. 뿌리는 땅속 깊은 곳까지 박혀 있어서, 나무는 언제나 푸른 잎이 무성하고 풍성한 열매를 맺었다.

나무는 인간을 비롯한 모든 생명체의 보금자리였다. 나무는 아픈 생명들을 낫게 했으며, 죽지 않고 영원히 살게 했다. 사람들은 이 나무를 '생명의 나무'라 일컬었다.

생명의 나무는 자신의 씨앗을 아주 먼 곳까지 보내 자신과 닮은 나무로 자라게 했다. 그 나무는 그곳에 사는 생명들에게 맑은 공기를 불어넣어 주었으며, 여행하는 생명들에게는 쉼터가 되어 주었다.

신들도 생명의 나무에 의지했다. 그들은 사방의 나뭇가지에 걸터앉아 세상을 다스리는 일에 대해 의논했고, 나무 열매를 함께 따먹으며 노래를 부르기도 했다.

그 신들 가운데 프레이야라는 여신이 있었다. 사랑과 전쟁과 죽음을 다스리는 그녀에게는 세 가지 보물이 있었는데, 첫 번째 보물은 누구든 보기만 하면 반할 만큼 빼어난 미모였다.

두 번째 보물은 황금의 눈물이었다. 그녀의 남편 '오드'는 여행을 좋아해서 한번 떠나간 뒤로 오래도록 돌아오지 않았다. 그녀는 남편이 그리울 때마다 눈물을 흘렸는데, 그 눈물은 황금이 되어 땅에 떨어졌다.

세 번째 보물은 초록색 눈을 가진 고양이와 황갈색 눈을 가진 고양이였다. 그 두 마리 고양이는 그녀의 마차를 끌었다. 초록색 눈을 가진 고양이는 낮 동안 길을 인도했고, 황갈색 눈을 가진 고양이는 밤의 길을 인도했다. 그것은 프레이야가 나무의 힘을 빌려, 초록색 눈 고양이에게는 낮 동안 어디든 찾아갈 수 있는 능력을 주고 황갈색 눈 고양이에게는 밤 동안 어디든 찾아갈 수 있는 능력을 주었기 때문이었다. 두 마리의 고양이는 그녀가 원하는 곳이라면 어디든지 데려다 주었다.

어느 날, 프레이야는 남편을 찾기 위해 이 두 마리 고양이를 떠나보내기로 했다. 초록색 눈 고양이는 항상 해가 뜨는 동쪽으로, 황갈색 고양이는 항상 해가 지는 서쪽으로 가게 했다.

"내 사랑하는 남편 오드를 만나거든 반드시 너희들 눈동자에 그 모습을 선명하게 담아 오너라! 딱 천 일 동안의 시간을 주겠다."

명령을 받은 초록색 눈 고양이는 동쪽으로, 황갈색 눈 고양이는 서쪽으로 떠났다.

그러나 꼬박 천 일이 지나도록 두 마리 고양이는 오드를 찾지 못했다. 두 마리 고양이는 그들의 눈에 아무것도 담지 못한 채 돌아왔다. 프레이야는 화가 머리끝까지 치솟아서 두 마리 고양이를 목 졸라 죽였다. 그리고 초록색 눈 고양이의 시체는 나뭇가지 위에 걸쳐 놓고, 황갈색 눈 고양이의 시체는 땅속에 묻어 버렸다.

그때부터 99일이 지난 뒤, 신들의 눈을 피해 살고 있던 사악한 마녀가 이 두 마리 고양이의 영혼을 꺼내 한 마리로 만들었다. 그리고 오른쪽에는 초록색 눈을, 왼쪽에는 황갈색 눈을 맞춰 넣었다. 마녀는 이 고양이를 '오드의 고양이'라고 불렀다. 오드를 찾아다니던 고양이라는 뜻이었다…….

여기까지 읽다가 잠시 멈추었다. 그리고 노트 위에 붙어 있는 포스트잇을 떼어 읽었다. 깨알 같은 글씨였다.

생명의 나무를 지키는 오드아이 고양이는 이집트를 비롯한 많은 이슬람 국가에서는 '프라이데이'라고 불렸다. 마녀의 심부름을 수행하기 위해 금요일에만 나타났기 때문이란다. 지금까지 일부 이슬람 국가에서는 금요일이 되면 오드아이는 물론 평범한 고양이마저 가까이하지 않는다. 또한 금요일은 사악한 마녀의 마법이 가장 왕성한 날이라는 믿음이 여러 나라에 퍼져 있다. 실제로 고양이와 관련된 상당수의 미스터리한 사건이 금요일에 많이 일어난 걸 보면…….

순간, 달력을 보았다. 오늘은 금요일! 소름이 돋았다. 그래도 고양이하고는 가깝게 지내는 셈인데, 이런 이야기를 들을 때면 머리카락이 쭈뼛 서곤 한다. 아직 철이 덜 든 건가? 아마 그럴 거야, 라고 스스로를 다독이면서도 어느새 머릿속으로는 고양이에 얽힌 이상한 이야기, 더 정확히 말하자면 나쁜 이야기를 떠올렸다. 고양이가 악마의 사악한 기운을 받고 태어났다든가, 사람의 영혼을 빼앗아 악마에게 팔아넘긴다든가, 또는 마녀의 심부름꾼이 되어 아이들을 납치한다는 이야기들을…….

무엇보다 늦은 밤에 검은 고양이가 내 앞을 지나가면 불행한 일이 닥친다는 이야기는 지금도 내가 믿고 있는 미신 가운데 하나였다.

아빠가 집을 떠난 그해 겨울밤, 학원에서 집으로 돌아오는 길에 정말 새카만 고양이를 만났다. 그때 녀석은 나를 힐끔 쳐다보더니 내 앞으로 어슬렁어슬렁 걸어갔다. 괜히 기분이 좋지 않았다. 그래서 부지런히 뛰어 녀석을 앞질렀다.

그런데 그날 밤, 엄마 아빠가 크게 싸웠다.

"뭐라고요? 회사를 그만두겠다니요? 저 하찮은 고양이 새끼들 때문에요?"

"무슨 소리야? 다 소중한 생명체잖아. 돌볼 가치가 있는 거야."

"돌볼 가치가 있다고요? 고양이한테 미안해서 그런 건 아니고요? 고양이한테 은혜 갚는 일은 이제 그만할 때도 되지 않았어요? 무슨 전래 동화도 아니고!"

"여보! 무슨 말을 그렇게 해?"

"마음대로 하세요. 하지만 회사를 그만뒀다가는 나하고 루미, 다신 볼 생각 말아요."

"왜 당신은 그렇게 극단적으로만 생각해? 이런 일은 루미한테도……."

"루미한테 뭐요? 난 루미가 당신 따라다니면서 버려진 고양이한테 밥이나 주는 그런 짓 하는 거 정말 싫어요. 루미는 이제 공부해야 할 나이예요."

"루미는 아직 초등학생이야."

"모든 공부는 초등학생 때부터 바로잡아야 해요. 루미는 내가 알아서 할 테니까, 당신은 당신을 위해서 죽은 고양이한테 계속 은혜나 갚으라고요."

내 방에서 엿들은 말들은 그랬다. 내가 알아들을 수 없는 말이 태반이었다. 전래 동화, 은혜…….

그리고 이튿날 아침, 아빠가 집을 나가 버렸다. 그 뒤로 나와 엄마는 아빠랑 한집에서 살지 않았다.

그날 엄마는 나에게,

"아빠가 우리를 두고 떠난 거야. 그러니까 아빠한테 연락하지 마. 보고 싶어 하지도 말고!"

하고 말했다. 물론 아빠가 목숨을 잃은 것도 검은 고양이를 구하려다가…….

나는 여기까지 생각하다가 고개를 저었다. 그럴 리 없다고 스스로에게 말했다.

이번에는 아빠의 다이어리를 펼쳤다. 오드아이, 하늘을 나는 고양이, 러시안 블루. 아까처럼 중얼거리며 훑어 내려갔다.

20070908 / 신설동 128-4. 용성 빌딩 지하 보일러실에 갇힌 고양이 2마리 구조. 탈수 증상 있음. 수액 투여.

20070912 / 지난주 구조된 아메리칸 보브테일과 유사 종. 김종수

학생(010-2521-3xx7. 노원구 중계동)에게 분양.

20070925 / 동대문역 앞, 자동차에 치인 몰티즈 강아지 구조. 영양실조 심각. 머리에서 종양 발견하여 응급 처치. 회복 불가.

20070930 / 종로 3가 K 오피스텔 옆 쓰레기통에서 병에 걸린 오드아이 고양이 구조. 채명률(010-2453-26xx. 인천 강화) 씨에게 분양.

20071004 / 서대문역 앞 Q 빌딩 옥상. 날개를 다친 올빼미 구조…….

거기까지 읽었을 때, 갑자기 아빠 목소리가 들려왔다.

"루미야, 이리 좀 와 봐. 이 고양이 녀석들 이름을 '산적과 일곱 난쟁이'로 지었어. 어미는 우락부락하게 생겼는데, 새끼들은 얼마나 귀여운지 몰라. 지난 장마 때 중랑천에서 구출했어. 하루만 늦었어도 새끼랑 어미 모두 물에 휩쓸려 떠내려갔을 거야."

그래서 내가 물었다.

"그럼 이거는요? 왜 눈 색깔이 달라요?"

"아, 그건 오드아이라고 해. 과학적으로 말하자면 눈 속 세포의 DNA 이상으로 생기는 현상인데, 멜라닌 색소의 농도 차이 때문에 눈 색깔이 달라 보이는 거야."

나는 고개를 끄덕였다. 아빠가 말을 이었다.

"그런데 그 녀석은 오래 못 살 것 같아. 정밀 검사를 해 봐야겠지만, 심장 박동이 약하고 잘 먹지도 않아."

"그래서 이렇게 마른 거예요?"

"응. 그리고 루미야, 새도 있어. 올빼미야. 건물 옥상에서 구출했는데 날개가 부러졌더라. 그것 말고는 건강해. 날개가 나으면 놓아주려고 해. 어때, 멋지지?"

아빠의 목소리는 내가 휴대폰을 꺼내 노트를 찍는 동안에도, 곧이어 현관문이 열리고 엄마가 들어올 때까지도 계속 들려왔다.

은밀한 거래

"선배님, 어떻게 지내셨어요? 지난번 학회 모임에도 안 나오시고."

"휴! 나갈 만한 형편이 아니었어요. 이번에 우리 학교 교장 선생님이 바뀌면서 어찌나 일이 많아졌는지……."

"아, 최용수 교장 선생님요? 그분도 우리 대학 선배라면서요?"

"그렇다고 들었어요. 그나저나 이 학교는 조용하네요."

엄마와 담임은 대학 동문이었다. 엄마가 4~5년쯤 선배라고 했던 것 같다. 교무실에서 한차례 인사를 나눈 뒤, 두 사람은 상담실로 자리를 옮겨 한참 수다를 떨었다. 그러는 동안 담임은 커피를 탔고, 나는 꾸어다 놓은 보릿자루처럼 엄마 옆에 가만히 앉아 있었다.

"네 담임 선생님이 전화했더라. 엄마 후배야. 말썽 부리지 말고 많이 도와드려."

학기 초에 엄마가 그런 말을 했던 기억이 났다.

그렇다! 하루나 이틀쯤 형주 패거리를 피해 학교를 땡땡이 치려던 계획은 틀어져 버리고 말았다. 더 나쁜 일은 엄마와 함께 학교에 와야 했다는 것. 다름 아닌 고양이 때문이었다.

"그런데 어제 그게 무슨 소리예요? CCTV에 루미 얼굴이 찍혔다니요?"

엄마가 먼저 입을 열었다.

담임은

"잠깐만요!"

하더니 노트북을 가져와 탁자 위에 올려놓고 부팅을 했다.

나는 어제저녁 담임의 전화를 받고 나서 엄마가 한 말을 떠올렸다.

"너, 도대체 무슨 짓을 하고 다니는 거니? 이젠 도둑질까지 하니?"

노트북에 초기 화면이 떠오르자 담임은 주머니에서 USB를 꺼내 컴퓨터에 꽂았다. 그리고 마우스를 몇 번 움직였다. 그런 다음 화면을 엄마 앞으로 돌려놓았다. 노트북 화면에는 아파트 단지의 놀이터가 나왔다. 잠시 뒤 내 모습이 나왔고, 형주의 모습도 나왔다. 내가 샴고양이를 미끄럼틀 위에서 끌어내리는 장면도 들어 있었다. 심장이 쿵쾅거리는 소리가 몹시 크게 들렸다. 귀를 막고 싶을 지경이었다.

"이건 너잖아. 이게 도대체 뭐지?"

엄마가 나를 바라보며 물었다.

왜 아니겠어요. 노란색 후드 티가 딱 내 거 맞네요. 하지만 대답은 담임이 대신했다.

"학교 앞 아파트 단지에서 고양이 도난 사건이 잦았나 봐요. 지난 토요일에 경비 업체에서 이 녹화 화면을 학교로 가져왔대요. 우리 학교 아이들 아니냐고 확인해 달라면서요."

담임은 엄마를 보면서 말하다가 '우리 학교'라고 말할 때는 시선을 나에게로 돌렸다. 나는 피하지 않고 먼저 말했다.

"주인이 없는 줄 알았어요. 벌써 돌려줬고요."

솔직히 절반은 사실이니까! 내 목소리는 조금 떨렸지만, 더듬지는 않았다.

"뭐라고?"

"그건 맞아요. 이걸 좀 보세요."

나를 바라보며 핏대를 세우던 엄마는 담임의 말에 다시 노트북 화면으로 고개를 돌렸다.

담임은 화면을 정지시키고 다른 파일을 클릭했다. 또 그 놀이터였다. 내가 여자아이에게 고양이를 건네주는 장면이 나왔다. 곧이어 달려가는 모습까지.

"루미, 어떻게 된 거야?"

"말씀드렸잖아요. 주인이 없는 줄 알았다고요."

그때 담임이 파일 하나를 더 열었다.

"아니, 이건 또 뭐야? 너 아직도 야마카시인지 프리러닝인지 하는 거니? 너 정말!"

엄마 목소리가 높아졌다.

화면 속에서는 내가 축대 아래로 뛰어내리고 있었다. 턴 볼트*를 하는 내 동작이 왠지 불안정해 보였다. 연습을 더 해야겠다는 생각이 들었다. 옳지! 누가 녹화만 해 주면 프리러닝 동작들을 배우기가 훨씬 쉬울 텐데.

아니다. 지금은 그런 생각을 하고 있을 때가 아니다. 자칫하면 엄마가 잠시 묻어 두겠다던 '비장의 카드'를 꺼낼지도 모른다.

"네가 자꾸 이런 식으로 나오면 미국에 있는 이모한테 전화할 거야!"

엄마는 툭하면 그 말을 꺼냈다. 아빠가 살아 있을 때부터 그랬다. 그것 때문에도 엄마와 아빠는 가끔 다투었다.

"그런데 루미보다 저 아이가 문제예요. 형주라는 아이인데, 일진이에요. 루미가 어쩌다 저런 아이들과……."

"그냥, 고양이를 키우겠다고 해서 제가 잡아다 준 것뿐이에요."

나는 담임의 말을 끊었다.

---

* Turn Vault : 난간 위에서 몸을 돌려 안전하게 뛰어내리는 동작.

"그래서 길고양이도 아니고 주인이 있는 고양이를 훔쳐 준 거야?"

"돌려줬잖아요."

"얘가 정말!"

"루미야, 잠시 밖에 나가 있을래? 엄마랑 이야기 좀 하게."

엄마의 도끼눈에 찍히기 직전, 담임이 나섰다. 하는 수 없이 일어났다. 등 뒤로 담임의 목소리가 들려왔다.

"만약 경비 업체가 이 화면을 경찰에 넘기면 그때는 일이 커질 거예요."

그 말이 채 끝나기 전에 문은 닫혔지만, 식은땀이 흘렀다.

"그놈의 고양이!"

20여 분 만에 나온 엄마의 첫마디였다. 엄마가 내 눈을 똑바로 보며 어금니를 꽉 물었다. 엄마는 주차장을 향해 부지런히 걸었다. 나는 조용히 엄마 뒤를 따랐다.

그놈의 고양이! 엄마의 말을 되뇌었다. 그러자 엄마가 아빠와 싸울 때 했던 말들이 몇 마디 기억났다.

"동물은 그냥 동물일 뿐이에요! 왜 당신이 동물들을 위해 희생해야 하는 건데요? 그럼 나는요? 그리고 루미는 어떻게 할 건데요? …… 좋아요! 정 그렇다면 루미한테는 당신이 하는 일에 대해서 한마디도 하지 마요. 난 우리 루미가 동물이나 만지고 그런……. 뭐라고요? 수의사요? 내가 우리 루미, 고작 개 의사나 시키려고 이러는 줄 알아요?"

이런 말로 싸운 지 꼭 보름 만에 아빠는 건물 더미 아래 깔렸다.

"신고를 받고 달려가 봤더니 건축 폐기물이 잔뜩 쌓여 있는 곳이었어요. 그 속에 고양이가 있었죠. 내시경 카메라로 비춰 봤더니만 쥐덫에 뒷발이 걸려 있더군요. 아마 다른 곳에서 쥐덫을 밟고 거기까지 끌고 간 것 같았습니다. 게다가 새끼까지 두 마리 있었고요. 잘못하다가 폐자재 더미가 무너지기라도 하면 고양이가 모두 죽게 생겼던 거예요. 그게 아니라도 쥐덫을 밟은 고양이는 몹시 위급한 상태였습니다. 그래서 의논한 끝에, 고양이가 드나들던 구멍을 조금씩 넓혀 보기로 했죠. 그러고는 이 선생님이 들어가신 거예요. 기어서 말이에요. …… 우리는 신호를 받고 이 선생님을 끌어당겼습니다. 그런데 이 선생님이 '잠깐!' 이러시더군요. 구멍 안쪽에 고양이가 한 마리 더 있다는 거예요. 물론 새끼였습니다. 우린 위험하니 포기하고 그만 나오라고 했습니다. 시청에 협조를 구해서 폐기물부터 옮긴 다음에 하자고 했죠. 하지만 그게 언제가 될지 모른다고 하더군요. 관공서의 협조를 받기가 쉬운 일이 아닌 데다가, 얼른 결정 나지도 않거든요. 결국 이 선생님이 기어코 굴 안쪽으로 더 들어가시더니……."

아빠가 수술받고 있을 때 구조대 아저씨가 말했다. 딱 거기까지 들었을 때 수술실 문이 열렸고, 의사는 영화에서나 나옴

직한 표정으로 고개를 저었다. 엄마는 그 자리에서 실신했다. 나는 엄마가 쓰러진 게 겁이 나서 큰 소리로 울었다.

"넌 아빠가 엄마 때문에 그렇게 됐다고 생각하는 거지?"

운전석에 앉은 엄마가 시동을 걸지 않고 내게 물었다.

"네?"

"엄마를 아직도 원망하느냐고 물었어."

"그런 거 아니에요."

"아니, 넌 아빠 일이 엄마 탓이라고 생각하고 있어. 그러지 않고서야 어떻게 이런 일을 벌일 수 있겠어."

"엄마……."

"길고양이, 가까이하지 말랬지? 엄마가 고양이 싫어하는 거 알잖아."

물론 안다. 처음부터 그랬던 건 아니지만.

엄마와 아빠는 생물 선생님이었다. 그런데 어느 날부터 아빠가 길고양이를 돌보기 시작했다. 그러더니 학교까지 그만두고 동물 구조 센터로 직장을 옮겼다. 그 뒤로 엄마는 고양이라면 이를 갈았다. 엄마는 내가 아빠를 따라다니며 길고양이에게 사료 주는 것도 못하게 했다. 책상 앞에 붙여 놓은 고양이 포스터도 떼어 버렸다. 집에 있던 고양이 사료까지 모두 치우는 바람에 아빠는 우리가 기르던 고양이 다섯 마리를 동물 구조 센터로 옮겨야 했다.

나는 대꾸하지 않고 엄마를 힐끗 쳐다보았다. 엄마는 화를 억누르려는 듯 숨을 길게 내쉬었다.

숨을 두어 번 더 몰아쉬고 나서 엄마가 내게 말했다.

"그런데 이제 고양이 도둑질까지 해? 그것도 아빠가 시킨 거야?"

"아, 아니에요."

"그리고 프리러닝은? 그만둔다고 했잖아."

"……."

"이제 엄마도 좀 이해해 주면 안 되겠니?"

갑자기 엄마 목소리가 낮아졌다. 곁눈질로 보니, 핸들을 잡고 있는 엄마 손이 파르르 떨리고 있었다. 숨소리도 방금 전보다 거칠었다. 나는 당황스러웠다. 혹 엄마의 또 다른 작전?

"고, 공부요?"

"공부든 뭐든. 이제 너랑 나랑 단둘인데, 네가 그러고 다니는 거 정말 무서워."

엄마 목소리는 어느새 젖어들고 있었다. 살짝 고개를 돌려 보니 엄마 눈가에 눈물이 맺혀 있었다.

"죄송해요."

"알잖아. 아빠가 어떻게 가셨는지! 엄마는 한순간도 그때를……."

엄마 목소리가 조금 더 격해질 때였다. 엄마 가방 안에서 전화벨 소리가 울렸다. 엄마는 전화기를 꺼낸 뒤 숨을 고르고 나서 전화를 받았다.

"네, 교감 선생님. 네? 아, 그거요. 네, 제가 곧 들어가서 처리할게요. 지금 아이 때문에 잠시……. 알겠습니다."

엄마가 전화기를 다시 가방에 넣었다.

"나머지는 집에 가서 이야기하자. 학교 끝나면 곧장 집으로 와."

"네."

나는 차에서 내렸다. 엄마의 자동차는 빠르게 주차장을 빠져나갔다. 자동차 꽁무니를 바라보면서 나는 아빠에게 말했다.

"아빠도 참 나빠요. 왜냐고요? 그건……."

말을 다 맺지 못해서인지 아빠는 대꾸가 없었다. 그래서 잠시 틈을 두었다가 한마디 더 했다.

"아무튼 엄마한테 미안하다고 좀 전해 주세요. 솔직히 아빠도 엄마한테 미안하죠?"

그렇게 중얼거리고 나니 답답했던 가슴이 조금 시원해졌다.

아빠를 부르며 혼자 중얼거리는 버릇은 이제 익숙해졌다. 한동안은 스스로가 좀 우습긴 했지만, 지금은 마음을 다스리거나 할 때 꽤 도움이 되었다. 물론 착각이겠지만 그럴 때마다 어디서 아빠가 대꾸라도 해 줄 것만 같았다.

몸을 돌렸다. 그때, 누가 재빠르게 달려들어 내 목을 졸랐다. 형주였다. 그 옆에는 준호와 우진이도 있었다.

놈들은 나를 재빨리 주차장 그늘진 곳으로 끌고 갔다.

"어휴, 요런 다람쥐 같은 새끼! 평생 도망 다닐 줄 알았냐?"

형주가 나를 벽에다 세게 밀치면서 말했다. 나는 대꾸하지 않았다.

"너 담탱이한테 다 불었지? 내가 시켰다고 꼰질렀지?"

"아니! 절대 그러지 않았어."

"하긴 기다려 보면 알겠지. 너 때문에 고양이는 팔지도 못하고, 도둑놈으로 몰리고. 씨발! 학주까지 날 부르잖아."

그래서 뭘 어쩌란 말인가. 나는 할 말이 없어서 입맛만 다셨다.

"그리고 너, 이거 어떻게 할래?"

형주가 제 얼굴을 가리켰다. 오른쪽 뺨에 빨간 줄이 두 개나 그어져 있었다. 그러면 안 되는데, 웃음이 나오려고 했다. 마치 사인펜으로 빨간 줄을 그어 놓은 것 같아서였다.

"나도 이거 봐, 새꺄!"

준호는 줄이 네 개나 되었다. 게다가 한 줄은 짧지만 굵고 진했다. 깊이 파인 게 분명하다. 고양이 발톱에 긁힌 것치고는 꽤 아팠겠다 싶었다.

"이거 어떻게 할 거야? 책임은 져야지. 안 그래?"

형주가 손가락 마디를 두둑 꺾었다. 그래, 때려라! 맞자. 맞고 끝내자, 씨발! 좀 아프고 말지, 뭐. 죽이지만 않는다면! 나는 어금니를 물고 눈을 감았다.

그런데 주먹 대신 느끼한 목소리가 날아왔다.

"그치만, 난 너 한 대도 안 때릴 거야."

눈을 떴다. 그리고 형주를 쳐다보았다. 놈이 다가와 내 어깨를 붙잡았다.

"놀라긴! 나 아무나 때리는 나쁜 놈 아니야."

너 나쁜 놈 맞다, 이 자식아. 어디서 '개드립'이야! 나는 눈을 치켜뜨고 놈을 마주 보았다.

놈이 말했다.

"물론 조건이 있어. 그 고양이 잡아 와."

"그 고양이라니?"

"그 양쪽 눈깔 다른 고양이 말야. 오 뭐라더라?"

"오드아이!"

우진이가 거들었다.

"맞다, 오주아이. 내가 인터넷 찾아보니까, 그거 아무리 못해도 이십만 원은 넘게 받을 수 있겠더라."

어쩐지. 네놈이 그러면 그렇지. 그리고 오주아이가 아니라 오드아이다. 귀가 먹었냐?

"하지만 어딨는지 난 몰라."

"헤헤, 고양이 박사가 왜 이러실까? 알아서 찾아야지. 시간도 충분히 줄게. 사십팔 시간! 딱 이틀이야."

이틀 뒤면 수요일이다. 그 다음다음 날은 현장 학습 가는 날. 그러고 보니, 현장 학습에 가서 놀 돈이 필요한 거였나? 용의주도한 놈.

하지만 그건 내 맘대로 되는 게 아니었다. 길고양이들 중 어떤 녀석은 며칠씩, 또는 일주일씩이나 사라졌다가 나타나기도 하니까.

"모, 못 찾으면?"

"못 찾으면 너 죽는 거지, 씹새야!"

준호가 옆에서 소리쳤다.

"못 찾기는 왜 못 찾아. 넌 찾을 수 있어. 그렇지?"

형주가 얼굴을 바짝 들이대고 말했다. 게다가 '썩소'를 날리는데, 입에서 무슨 오물 냄새가 났다. 나는 하는 수 없이 고개를 끄덕였다.

맞는가 보다. 오드아이 고양이의 저주. 빌어먹을 노릇이다.

사라진 고양이

"크크크크크큭."

누가 봤으면 정신 줄을 놓아 버렸다고 생각했을 거다. '얘가 공부하다가 미쳤나 봐!' 이러겠지. 혼자 길거리에서 한참을 그러고 웃었으니까. 하지만 지금 이 상황이 안 웃기다고? 두 번이나 모른 체하고 놓아준 오드아이 고양이가 벌써 세 번째로 내 앞에 나타나서 '날 좀 잡아가 줄래?' 이러고 있는데?

오드아이 고양이는 중문 아래에 있는 분식집 앞에서 나를 기다리고(!) 있었다. 마치 내가 그 길로 올 것을 알고 있었다는 듯이.

나는 10여 미터 앞에서 멈추었다. '마지막이야, 도망쳐!' 나는 속으로 말했다. 그리고 기다렸다. 5분쯤, 아니, 느낌으로는 10분도 훨씬 더 된 듯했다. 하지만 녀석은 꼼짝도 하지 않았다. 나도 움직이지 않았다. 그러자 녀석은 천천히 일어나 이번에도 앞서 걸으며 고갯짓을 했다. "나를 좀 따라와 봐!" 말을 할 수 있다면 그렇게 말했을 것 같았다.

"안 된다고 했잖아. 가까운 곳도 아니고!"

나는 소리를 높였다. 그래도 녀석은 눈 하나 깜짝하지 않았다. 결국 오기가 나서 한마디 더 보탰다. 마치 영화 대사의 한 구절을 던지듯.

"이제 더는 아량 따위 베풀지 않아."

그리고 녀석을 지나쳐 갔다. 폼은 있는 대로 다 잡았지만 소용없었다. 고양이에게 개폼을 잡아 그런 건지는 몰라도, 녀석은 여전히 나를 따라왔다.

"야아아아아아옹!"

"거참! 어서 가라니까! 그래, 네가 좋은 주인을 새로 만나는 것도 좋지만……. 하지만 형주한테 너를 잡아다 주는 건 싫단 말이야. 그냥 너 만나지 않았다고 할 테니까, 네 갈 길 가!"

녀석이 알아듣기는 하는 건지.

"에이, 모르겠다. 네 맘대로 해 봐!"

아무렇게나 내뱉고 나는 부지런히 걸었다.

어제 오후에는 오드아이 고양이가 당당하게 정문 앞에서 나를 기다렸다. 문 닫은 꽃집 앞에서 지나가는 사람들 시선은 아랑곳하지 않은 채, 나를 발견하더니 "야아옹!" 하고 큰 소리로 울었다. 얼마나 어이가 없던지…….

형주가 그 고양이를 잡아 오라고 할 때부터 나는 수업 시간 내내 오드아이 고양이를 생각했다. 붙잡아야 하나, 말아야 하나? 과연 다시 찾아낼 수는 있는 걸까? 아니야! 일부러 찾아다닐 필요는 없어. 그냥 못 찾았다고 하지, 뭐. 길고양이들이란 한번 나타났다가도 사라져 버리기 일쑤니까. 그래, 내 눈에만 띄지 않으면…….

하지만 형주가 가만있을까? 곧이곧대로 믿어 줄까? 아마도 놈은 나를 윽박질러서 당장 찾아오라고 할 테지. 준호란 놈은 옆에서,

"이십만 원으로 계산해서 천 원에 한 대다!"

뭐, 이럴 게 뻔하고.

그렇다면 하는 수 없는 일이야. 찾는다면 붙잡아 주는 거지, 뭐. 예전에야 주인이 있었다지만, 지금은 녀석도 어차피 길고양이일 뿐이잖아. 얼마 전에 훔친 샴고양이하고는 분명 다르단 말이야. 그리고 다행히 좋은 주인을 만날 수 있다면 떠돌이로 사는 것보다는 백배 나을 거야. 안 그래? 물론 다시 나타날 가능성은 그리 크지 않아. 내 사료 맛을 본 녀석도 아니고. 그날은 왜 그랬는지 모르지만! 어쨌든 그 축대 쪽으로만 가지 않으면, 만날 확률은 더 낮아. 녀석이 무사할 수 있다는 뜻이야!

이것 봐라. 네 녀석이 온종일 뛰어다녀서 내 머릿속은 온통 고양이 발자국투성이라고! 그런데 맥없이 그렇게 바로 모습

을 드러내다니!

나는 재빨리 중문 쪽 골목길로 방향을 틀었다. "나, 너 못 본 거다!" 이렇게 혼자 중얼거리면서.

그런데 무슨 마음을 먹었는지 녀석이 쫓아왔다. 나는 무시하고 걸었다. 그러다가 돌아보면 또다시 몸을 움직여 따라왔다. 하는 수 없이 또 뛰었다.

오늘 아침 등굣길에서는 녀석이 학교 담장 위에 올라앉아 나를 빤히 내려다보았다. 물론 나는 분명히 말했다.

"나, 너 못 본 거라고!"

그런데 점심시간에 형주와 함께 달려온 우진이가 물었다.

"오늘 아침에 오드아이 고양이가 학교 앞에 나타났던데, 너 못 봤어?"

옆에 있던 형주가 문득 놀란 듯 나와 우진이를 번갈아 쳐다보았다.

"아니, 못 봤는데? 그럼 네가 잡지 그랬어!"

나는 모른 체하고 오히려 다그치듯 말했다.

"새꺄, 내가 잡을 수 있으면 잡았지! 이거 보라고, 씨발아!"

우진이가 욕을 하면서 휴대폰을 들이밀었다. 등교하는 아이들 모습이 찍힌 동영상이었다. 그러나 아이들 뒷모습, 그것도 아이들 다리와 길바닥이 대부분이었다.

"넌 도대체 뭘 찍은 거냐?"

형주가 물었다.

"잘 봐 봐! 고양이 나와!"

하지만 아무리 봐도 고양이는 없었다. 그러자 우진이가 휴대폰을 만지작거리더니 화면을 정지시켰다. 그러고는 손으로 화면 오른쪽 아래 구석을 가리켰다. 영상 시작 버튼을 다시 누르자, 시커먼 점 하나가 꼼지락거리는 게 보였다.

"봐! 여기 있잖아, 고양이!"

"헐! 대박!"

우진이의 손가락 끝을 확인한 형주는 기가 막히다는 듯 고개를 흔들었다. 그러더니 우진이의 뒤통수를 한 대 냅다 후려갈겼다.

"에라, 이 새꺄! 이게 고양이인지 쥐새끼인지 어떻게 구분하냐? 그러니까 네가 '야변'이라는 소리나 듣지."

속으로 웃음이 나왔지만 가까스로 참았다.

우진이는 휴대폰으로, 때로는 소형 무비 카메라로 아무거나 찍고 다녔다. 그게 우진이의 취미였다. 영화감독이 될 거라나 뭐라나! 한번은 준호가,

"야! 너네 아빠 에로 영화만 찍는다며? 그러면 너도 애들 가슴이나 엉덩이, 뭐 그런 거 찍어야지. 우리 반 조미영이 진짜 가슴 크던데!"

했다. 옆에서 형주도 거들었다.

"맞아. 조미영이 걔, 헤프다고 소문나서 어렵지 않을걸?"

그러자 우진이는,

“아, 씨발! 내가 우리 꼰대랑 같은 줄 알아? 최소한 스티븐 스필버그쯤은 돼야지.”

그러고는 오만 가지를 다 찍었다. 아이들이 떠드는 것도 찍었고, 선생님 몰래 수업 시간에도 찍었고, 복도를 다니거나 시내를 다닐 때도 툭하면 휴대폰을 들이댔다. 화장실에서까지 카메라를 돌려 댔다. 그래서 우진이의 별명이 ‘야변’이었다. ‘야동 찍는 변태’를 줄여서 그렇게 불렀다.

“저 새끼는 아마 나중에 스티븐은 돼도 스필버그는 못 될 거다!”

형주의 비아냥거리는 목소리가 생생하게 생각났을 때, 때마침 주머니에 넣어 둔 휴대폰이 부르르 떨렸다. 얼른 꺼내 보았다. 형주에게서 온 메시지였다. 또 놈이 족대겼다.

오늘까지인 거 알지? 못 잡아 오면 좆나 쳐 맞을 줄 알아.

메시지를 보고 다시 걷는데, 오드아이 고양이가 마치 기다렸다는 듯이 앞서 갔다. 곧 형주 일행을 피해 달아났던 그 세 갈래 길이 나왔다. 이번에는 그때와 반대쪽 길로 꺾었다. 내리막길이 잠깐 이어지다가 오르막길이 나왔다. 그 길을 따라 오르면서 아빠에게 물었다.

“이럴 수 있는 거예요?”

하지만 아빠는 모른 체했다.

"알았어요. 제가 어떻게든 해 볼게요."

곧 야트막한 언덕이 나오고 공터가 보였다. 건물을 지으려고 그랬는지, 공터 주변에는 시멘트 블록과 널빤지가 쌓여 있었다. 나는 그 옆에 버려진 탁자 위에 걸터앉았다. 오드아이 고양이는 잠시 뒤 내 곁에 와서 앉았다.

"미안해!"

나는 고양이에게 말했다. 그리고 한 손으로 고양이를 붙잡아 끌어안고 한참을 쓰다듬어 주었다. 고양이는 꾸르륵거리며 기분 좋은 소리를 냈다. 그 소리를 들으면서 나는 다른 한 손으로 형주에게 메시지를 보냈다.

잡았어. 중문 쪽으로 내려와서 분식집 지나면 나오는 공터에 있어.

메시지를 보낸 뒤에 다시 한 번 고양이에게 말했다.

"미안해, 데려다 주지 못해서. 하지만 새로 만나는 주인도 너한테 잘해 줄 거야. 강화도였나? 거긴 내가 가기엔 너무 멀거든."

나는 백팩을 열어 사료를 주었다. 고양이는 하나씩 잘 받아 먹었다.

그때 휴대폰이 부르르 진동했다. 이번에도 형주가 보낸 메시지였다.

거기서 꼼짝 말고 기다려! 15분이면 간다.

그런데 왜일까? 그 메시지를 본 순간부터 조바심이 났다. 메시지를 받은 지 채 1분도 안 돼서 나는 자꾸만 중문 쪽을 바라보았다. 5분쯤 지나고부터는 고양이를 탁자 위에 내려놓고 아예 일어나서 서성거렸다. 내가 걸어온 쪽과 고양이를 번갈아 바라보았다. 아직 형주의 모습은 보이지 않았다.

길고양이들에게 먹이를 준 것이 처음으로 후회되었다. 한 번도 그런 적이 없었는데, 오늘만큼은 내가 고양이를 잘 다루는(!) 아이라는 게 정말 싫었다. 고양이 도둑이라니! 나는 아랫입술을 씹으며 아빠에게 말했다.

"저, 잘못하고 있는 거 맞죠?"

이번에도 아빠는 대답이 없었다. 그래서 좀 화가 났다.

"대답 좀 해 보세요. 이럴 때는 어떻게 해야 하는지 알려 주셔야 할 거 아니에요!"

마침내 10분이 지났을 때, 나는 고양이에게 말했다.

"지난번처럼 뛸래? 따라와!"

나는 무턱대고 달리기 시작했다. 이번에는 녀석이 내 옆에 바싹 붙어 뛰었다.

"처음엔 아빠를 따라 뛰었어. 아빠는 제 위험한 처지를 모르고 달아나는 너희들을 구하려고 뛰셨대. 프리러닝 말이야. 온갖 장애물이 가로막고 있어도 멈추지 않고 달리는 거야. 벽을 타고 난간을 뛰어넘고 건물에서 뛰어내리고……. 아빠가 했던 말이 기억나. 고양이를 구하려면 고양이처럼 달릴 수 있어야 한댔어. 물론 그때는 그 말의 뜻도 모르고 아빠를 따라 뛰었지. 넌 모르지? 아빠가 나보다 훨씬 잘 달렸어. 아빠는 달려야 했을 거야. 아빠의 고양이를 위해서도 말이야."

내가 지금 뭘 하고 있는 걸까 싶었다. 아무리 친구가 없어도 그렇지, 하다 하다 이젠 고양이와 이야기를 나누고 있다니! 그런데 더 '병맛'인 건, 그치려 해도 입이 따로 논다는 거였다.

"아빠가 돌아가신 뒤에는…… 그래, 아빠가 생각날 때마다 뛰었고. 그런데 지금은?"

힐끗 뒤를 돌아보았다. 하필이면 형주 얼굴이 떠올라서였다. 나는 더는 말을 꺼내지 않았다. "지금은 맞지 않으려고 뛰는 거야!"라고 말할 수는 없었으니까. 하긴 말해 봤자 고양이가 알아들을 리 없을 테지만.

길이 조금 넓어지면서 차도와 인도를 구분하는 은색 난간이 나타났다. 그때 고양이가 앞서 갔다. 녀석은 난간을 앞다리로 짚고 뒷다리를 그 사이로 넣어 가뿐히 넘어갔다. 문득 따라 하고 싶은 생각이 들었다. 나도 똑같이 손으로 난간을 짚은 다음 발을 끌어당겨, 벌린 양손 안으로 밀어 넣었다. 몸이 가뿐하게 난간을 타 넘었다.

레이지 볼트.* 그게 이렇게 쉽게 되다니! 혼자 씩 웃으며 다시 고양이를 쫓았다. 놈은 이번에는 내 키 높이쯤 되는 담벼락을 거침없이 올라갔다. 점프, 그리고 뒷발로 담장을 밀어내듯 몸을 위로 튕기고, 이어 앞발로 담벼락 위를 붙잡았다. 이번에도 녀석을 따라 했다. 먼저 담벼락 중간쯤을 발로 짚고, 이어서 몸을 쭉 펴 올리는 동시에 담장 위를 붙잡았다. 그런 다음 재빨리 몸을 끌어올렸다. 이건 클라임 업?** 고개를 갸웃거리는데, 고양이는 몸을 휙 날려 뛰어내렸다.

랜딩.***

나도 몸을 던졌다. 그리고 고양이처럼 손과 발을 이용해 바닥을 짚었다. 한결 부드러워졌다. 땅에 떨어질 때의 충격이 이전보다 덜했다.

나는 고양이에게 말했다.

"어때, 나 괜찮았어? 크크!"

고양이를 보고 웃는데, 다시 형주에게서 문자 메시지가 왔다.

너, 이 새끼! 어디야? 없잖아. 어디로 간 거야?

---

* Lazy Vault : 여유롭게 달려가다가 한 손을 먼저 짚고 다리를 넘긴 다음 다른 한 손으로 짚는 방법.

** Climb-up : 근력 사용을 최소화하면서, 점프하는 탄력을 이용해 높은 담을 오르는 방법.

*** Landing : 착지.

어쩔 수 없이 거짓 답장을 보냈다.

고양이가 달아났어. 지금 쫓고 있어. 뒷문 쪽이야.

"자, 이제 이쪽으로!"

나는 벌떡 일어나 교회의 빨간 담장으로 훌쩍 뛰어올랐다.

"이건 캣 리프*라고 하던데, 어땠어? 너랑 닮았니?"

나는 담장을 기어올라 교회 건물을 지나쳐서 다시 반대쪽 담장을 넘었다. 그리고 학교 정문 쪽으로 다시 달렸다. 숨이 차올라서 더는 뛸 수 없을 때까지.

학교 정문 앞에서 멈추었다. 그때였다.

"내가 이럴 줄 알았지!"

형주였다. 놈이 수위실 뒤에서 준호와 함께 나타났다.

"거봐, 내 말이 맞지? 저 새끼, 고양이를 빼돌리려고 했던 거야."

"아, 아니야!"

"아니긴, 새꺄! 고양이 어딨어?"

귀싸대기를 후려칠 기세로 준호가 팔을 번쩍 들어 올리며 물었다.

---

* Cat Leap : 장애물이나 웅덩이 같은 것을 가운데에 두고 도움닫기를 해서 반대편 벽에 두 손으로 매달리는 기술.

그때였다.

"저, 저기다!"

어디서 나타났는지 이번엔 우진이. 놈은 또 휴대폰을 들이대며 수위실 지붕을 가리켰다. 나는 숨을 고르며 위를 올려다보았다.

"어서 불러!"

형주가 어깨를 툭 치며 을러댔다.

하는 수 없었다. 나는 수위실 가까이 다가갔다. 그리고 한참을 쳐다보았다. 녀석이 나와 눈을 맞추었다. 그러더니 훌쩍 뛰어내렸다. '가! 뛰어가. 얼른 달아나란 말이야!' 나는 속으로 간절히 말했다. 하지만 그보다 형주의 손이 먼저였다.

"잡았다!"

형주가 오드아이 고양이의 뒷덜미를 잡아 올렸다. 고양이는 네발을 늘어뜨리고 버둥거렸다. 도대체 저 녀석 뭐야? 하악질을 하며 나에게 달려들 때는 언제고! 나는 맥이 풀려서 녀석을 한참 동안 멍하니 바라보고만 있었다.

"어쨌든 수고했어! 이 고양이 팔면 특별히 너한테도 십 프로 줄게."

그러고서 형주는 교문을 빠져나갔다. 나는 오래도록 그 자리에 멍하니 서 있었다.

집으로 돌아오는 데 꼬박 한 시간이 걸렸다. '뭐야? 이 찜찜

한 기분은?' 하면서 뒤를 돌아보며 한참을 서 있었고, 다시 걷다가 '그새 정이 들었나? 그래 봐야 집 나온 길고양이일 뿐인데.' 하면서 또 공연히 주위를 두리번거렸다. 그러다가 혹시나 하는 생각에 길가 담장도 쳐다보고, 지붕 위도 유심히 살펴봤다. 그 때문에 15분이면 올 수 있는 길이 멀고도 멀었다.

"그럼 어떻게 되는 거예요? 아무 일 없는 거죠, 선생님?"

현관문을 열고 들어가자 엄마가 통화하는 소리가 들렸다. 선생님이라는 단어에 귀가 쫑긋 섰다. 나는 천천히 신발을 벗고 거실로 들어섰다. 방으로 들어가려는데 엄마가 손짓을 했다. 나는 소파에 앉았다.

"그래요. 그럼 그렇게 전할게요."

엄마가 전화를 끊고 나에게 말했다.

"일단은 해결됐어. 너한테는 아무 징계를 내리지 않기로 했다니까, 앞으로 조심해."

"형주랑 다른 애들은요?"

"그건 네가 알 바 아니잖아. 그리고 걔네들은 평소에도 문제아라며? 네가 왜 그런 애들이랑 어울리냐고! 아무튼 이번이 마지막이야. 다시는 그런 아이들하고 어울리지 마."

"그게……."

그게 마음대로 되는 줄 아세요? 이 말이 입안에서 맴돌다가 말았다.

"왜? 뭐?"

"아, 아니에요."

"아무튼 조심해. 경찰에 신고라도 했으면 어쩔 뻔했어? 네가 자꾸 이런 식으로 나오면 엄마도 더는 못 참아!"

"아, 알겠어요."

엄마 표정이 굳어지는 걸 보고 일단 나도 한발 양보하기로 했다.

"그리고 너희들 현장 학습 장소가 강화도로 바뀌었대. 석모도라던데?"

"네."

"버스 회사랑 계약이 잘못됐다더라. 나도 자세히는 몰라. 개별적으로 문자와 메일 보낼 거니까, 잘 준비하라고 선생님이 그랬어."

"알았어요. 그런데 강화도는 작년에도 갔었는데……."

나는 심드렁하게 말하면서 일어났다. 그러다가 곧 말끝을 흐리고 다시 엄마를 바라보았다.

"잠깐만요. 강화도? 지금 강화도라고 하셨죠?"

"그래. 이번 현장 학습 주제가 역사 체험이어서 독립 기념관으로 정했는데, 거기가 안 돼서……."

엄마의 말은 들리지 않았다.

강, 화, 도?

나는 휴대폰을 확인했다. 메시지가 세 통이나 와 있었다. 몽땅 무시하고 오드아이 고양이를 찍은 사진을 열었다. 녀석의 목에 걸려 있던 인식표 사진. 거기에 적혀 있던 주소.

인천시 강화읍 ××리 108-602번지

그 주소를 뚫어져라 들여다보고 있는데 엄마가 말했다.

"뭐 하니? 어서 씻지 않고. 과외 선생님 오실 때 됐잖아."

"네에!"

나는 방으로 들어왔다. 미친! 강화도라니! 다른 곳도 많은데 하필이면 강화도라고? 이런 기막힌 우연이 있을 수 있는 거야? 하긴, 그러니까 우연이라고 하는 거겠지! 나는 대수롭지 않게 생각하려고 애썼다.

그때, 휴대폰이 부르르 떨렸다.

메시지 창을 열었다. 담임이 보낸 단체 메시지 세 개가 잇달아 들어왔다.

학생 여러분, 부득이한 사정으로 현장 학습 장소가 독립 기념관에서 강화도로 바뀌었습니다. 단, 출발 시각은 변함없으니 필기도구와 체육복을 지참하고 내일(5월 10일) 오전 8시 30분까지 학교 운동장으로…….

담임의 메시지 창을 닫았다. 그리고 이번에는 아까 읽지 못한 형주의 메시지를 열었다.

오주아이 고양이 사진 찍어서 인터넷에 올렸어. 입질 좋은데! 금방 팔릴 것 같다.

이 자식은 아직도 오주아이란다. 그나저나, 벌써? 나는 컴퓨터를 켜고 인터넷에 접속했다.

오드아이 고양이 팝니다. 생후 1년 3개월. 좋은 러시안 블루이고, 수컷이에요. 1년 동안 정성 들여 키웠습니다. 다만 이사하면서 혈통서를 잃어버려……. ㅠㅠ 눈물을 머금고 가격을 확 내려 25만 원에 팝니다.

사기꾼 같은 놈! 아주 소설을 쓰지그래. 사진까지 그럴싸했다. 정면 모습이야 그렇다 치고, 옆모습은 마치 퓨마처럼 바꿔 놓았다. 아니, 준호가 나서서 정말 퓨마랑 합성했는지도 모르지. 컴퓨터라면 게임부터 포토샵까지 웬만한 프로그램은 전부 다룰 줄 아는 준호라면 능히 그러고도 남을 일이었다.

나는 자리에서 벌떡 일어나 방 안을 서성거렸다.

'어떡하지? 오드아이 고양이가 강화도에서 왔다고 말하고, 돌려주자고 해 볼까? 그 대신 다른 고양이를 잡아 주겠다고 하면?'

그런 생각을 하고 나서 나는 피식 웃었다. 형주라는 놈이 퍽도 그러겠다. 그렇다고 훔쳐 올 수도 없는 노릇이고.

바깥에서 초인종 소리가 났다. 엄마가 문을 여는 소리, 잠깐

두런두런 이야기하는 소리가 들렸다. 과외 선생님이었다.

"내가 좀 늦었지? 미안! 자, 교재 펴 봐. 그리고 여기……."

과외 선생님은 들어오자마자 가방에서 영어책을 꺼냈다. 그리고 초록색 매니큐어를 칠한 손가락으로 한 문장을 짚어 가며 읽었다.

"The successful revolutionary is a statesman, the unsuccessful one a criminal. 자, 이건 에리히 프롬이라는 학자가 한 말이야. 해석하면?"

칫! 내가 그걸 알 리가 없잖아요. 지금 선생님의 그 초록색 매니큐어가 오드아이 고양이의 초록 눈을 떠올리게 할 뿐이라고욧!

나는 머뭇거렸다. 그러자 과외 선생님은 낭랑한 목소리로 뭐라고 설명했지만, 그 목소리는 귓전을 겉돌았다. 오드아이 고양이 생각만 났다.

"너 지금 딴 데 신경 쓰고 있구나? 무슨 일 있니?"

과외 선생님이 다그쳤다. 하지만 주의를 받아도 여전히 집중이 되지 않았다.

"뭐야, 얘가 오늘 완전 넋이 나갔잖아?"

"……."

그런 와중에 전화가 오다 끊어졌고, 곧이어 메시지가 서너 개는 더 도착했다. 그리고 또 전화.

"꺼 놓으라고 했잖아. 받아 봐! 급한 일인가 본데……."

과외 선생님이 말했다.

나는 얼른 전화기를 귀에 갖다 댔다. 다짜고짜 욕설이 흘러나왔다.

“야, 씨발아! 고양이 도망쳤어!”

우리는 섬으로 간다

너한테는 지금 좋은 소식과 나쁜 소식이 있어. 어떤 소식부터 들을래? 좋은 소식? 음, 그건 오드아이 고양이가 형주네 집에서 탈출했다는 거야. 목에 걸렸던 인식표만 남기고 말야. 형주 말에 따르면, 목을 묶어 놓았던 끈을 끊고 달아났다더군. 아무튼 그 도둑놈한테서 빠져나왔다니 다행 아니야? 그리고 나쁜 소식은, 지금 우리가 강화도로 가고 있다는 거지. 이 사실을 진작 알았다면 형주한테 매달려서라도 오드아이 고양이를 제 집에 돌려보내자고 사정했을 텐데.

내 머릿속 생각들이 제멋대로 떠들어 댔다. 그러는 동안 버스는 비좁고 꽉꽉 막힌 시내를 지나 올림픽 대로에 들어서 있었다. 그때부터 버스는 속력을 냈고, 성산 대교를 지나면서부터는 아침 안개를 헤치며 빠르게 내달렸다.

"야, 재수 더럽다. 어젯밤에 이십오만 원에 팔기로 약속하고 오늘 만나기로 했는데……. 아무튼 네가 알아서 해. 다시 찾아 오든지, 아니면 그런 놈으로 구해 오든지."

버스에 타기 직전, 형주가 오드아이 고양이의 인식표를 내게 건네며 말했다. 나는 그 말을 계속 되새기고 있었다.

차창 밖으로는 안개에 덮인 강줄기가 이어지고 있었다. 몇몇 아이들이 코 고는 소리, 옆에 앉은 아이의 이어폰에서 새어 나오는 음악 소리, 그리고 간헐적으로 형주의 웃음소리가 귀에 들렸다.

하지만 오드아이 고양이가 머릿속에서 다시 뛰놀기 시작하면서 온갖 잡소리들은 금세 귓전에서 멀어졌다. 맞다. 나는 조바심을 내고 있었다.

'현장 학습이 끝나고 내일 학교에 돌아오면 몇 시쯤 될까? 네 시나 다섯 시? 일단 녀석을 처음 만난 축대 주위부터 찾아봐야겠어. 그리고 어두워지기 전에 그 아래 부서진 집들이 있는 곳까지는 살펴봐야겠지? 그리고 중문 아래 골목길까지. 아, 학교에서 우리 집 가는 길 근처도 살펴봐야 해. 녀석이 나를 따라오고 싶어 했으니까. 그래서 찾으면? 음, 데리고 있는 건 위험해. 형주한테 뺏길 수도 있고, 엄마가 알면 그냥 두지 않을 테니까. 좋아! 찾기만 한다면 내가 데려다 주지, 뭐. 강화도까지 두세 시간이면 될 테니까.'

그러다가 나는 고개를 저었다.

'그런데 내가 꼭 그렇게까지 해야 해? 녀석이 살던 곳이 강화도인 거랑 지금 내가 강화도에 가는 거랑 무슨 상관이 있다고. 더구나 강화도에 내 의지대로 가는 것도 아니고! 어쨌든 녀석은 집 나온 길고양이일 뿐이잖아. 쳇! 결국 그런 거였어.'

나는 혼자 피식 웃었다. 그러고는 눈을 감고 의자 뒤로 깊숙이 몸을 기댄 채 스스로를 다독였다.

'맞아. 나는 지나치게 오드아이 고양이한테 집착하고 있는 거야!'

하지만 단순히 그렇게만 여기기에는 풀어야 할 의문점이 한두 가지가 아니었다. 나를 구해 준 것이며 따라다닌 것. 뿐만 아니라 다른 고양이보다 훨씬 재빠른 데다가, 좀 어설퍼 보이긴 했어도 하늘을 날, 았, 다! 그리고 함께 가자고 보챘다. 도대체 녀석은 나를 어디로 데려가려 했던 걸까?

나는 곧 몸을 일으켜 휴대폰을 꺼냈다. 그리고 지도 앱을 열어서 인식표에 적혀 있는 주소지를 검색했다.

한참 만에 지도가 펼쳐졌다. 화살표가 강화도 옆, 석모도 왼쪽 아래를 가리켰다. 석모도의 3분의 1쯤 되는 크기의 섬이었다. 나는 고개를 갸웃거렸다. '배는 어떻게 탔지? 그리고 우리 동네까지는 또 어떻게 온 거야?'

그때, 뭐가 휙 날아와 머리를 툭 때렸다. 구겨 접은 종이였다. 나는 두리번거렸다. 뒤쪽에서 형주가 손짓을 하고 있었다.

휴! 한숨부터 나왔다. 담임은 도대체 무슨 생각으로 다른 반 아이를 우리 반 버스에 태운 걸까?

"친한 친구랑 같이 가고 싶어서 그래요."

형주의 그 말을 곧이곧대로 믿은 걸까? 아니면 귀찮아서? 이건 담임의 직무 유기가 틀림없다.

나는 일어나 뒷자리로 갔다. 형주가 준호를 옆으로 물러나 앉게 했고, 내가 그 자리에 앉았다.

"야, 어떻게 생각하냐?"

형주가 다짜고짜 물었다.

"뭘?"

"왜 모른 체하셔. 고양이 말야."

"그게 왜 내 탓이야? 네가 데리고 있다가 잃어버린 거잖아."

"새꺄! 그걸 누가 몰라? 그래서 말인데……."

갑자기 형주가 목소리를 낮추었다. 하지만 뒷말은 준호가 이었다.

"방금 전 주워들은 정보에 따르면, 오늘 우리가 가는 곳 말야. 우리 학교 말고도 미산여중이 간대. 숙소도 같아."

"우리는 수련원 구관을 쓰고 걔네들은 신관을 쓴대!"

우진이가 끼어들었다.

"그래서?"

"이거 봐. 이게 걔네 일정표야. 우리랑 거의 비슷해. 저녁 여덟 시부터 열 시까지 캠프파이어 한대. 우리 학교처럼."

준호가 휴대폰을 내밀며 화면을 확대했다. 그렇지만 글씨를 알아보기 힘들었다. 나는 준호와 형주를 빤히 쳐다보았다.

“아직도 못 알아듣겠어? 결국 이 시간엔 숙소가 전부 빈다는 뜻이지.”

“맞아. 우리가 미산여중 애들 숙소를 습격하는 거야.”

“습격이 뭐냐, 새꺄. 그냥 몰래 들어가는 거지.”

형주가 준호를 나무라며 참견했다.

“들어가서 뭐하려고? 여자애들 몰카 찍게?”

나는 우진이를 보며 물었다.

“이 새끼가 누굴 변태로 아나? 난 안 들어가, 새꺄! 네가 들어가야지.”

“내가? 거길 무슨 수로? 경비도 있을 거고, 선생들이 지키고 있을 텐데.”

“걱정 마! 이게 있으니까!”

우진이가 가방을 열어 보여 주었다. 폭죽이었다. 한두 개가 아닌 듯했다.

“캠프파이어 때 쓰려고 가져온 건데, 이걸로 주의를 끌어 줄 테니까 넌 그때 침투하는 거야. 알았지?”

“하지만…….”

“넌 할 수 있잖아. 프리러닝인지 뭔지, 그거 뒀다 어디에 쓰게?”

우진이 말에 대꾸하자마자 형주가 말했다. 내 어깨까지 툭 툭 두드리면서.

나는 형주를 빤히 쳐다보았다.

"왜? 못해?"

"그냥 엠피스리 같은 거 한두 개 가지고 나오면 되잖아."

형주가 되물었고, 준호가 대수롭지 않다는 듯 말했다. 이 자식들이 이젠 나를 아예 좀도둑으로 만들 모양이다.

"그건 좀……."

"설마 못한다고 말하려는 건 아니겠지?"

내가 말꼬리를 흐리자 형주가 쏘아붙이듯 물었다. 그러면서 내 어깨 위에 손을 올리더니 뒷목을 세게 눌렀다. 놈의 억센 손이 목뼈를 짓이겼다.

"아아아아!"

나는 소리를 질렀다. 거의 동시에 앞에서 담임의 목소리가 날아왔다.

"거기 뒤에 무슨 일이야?"

형주가 얼른 내 목을 놓았다. 그러면서 말했다.

"알아서 해."

이번에는 허벅지 안쪽 살을 꼬집듯 움켜쥐었다.

"우우웁!"

비명을 가까스로 삼켰다. 놈은 내가 더 참을 수 없을 만큼 아팠을 때 손을 놓았다.

"아, 알았어."

별수 없이 대답하고 말았다.
"약속한 거야! 알았지?"
형주는 내 어깨를 툭툭 쳤다.

"자, 여기 외포리 선착장에서 10분 정도 쉰다. 아직 3반이랑 6반이 탄 버스가 도착하지 않아서 잠시 쉬는 거니까 멀리 가지 말고 화장실만 다녀와. 각자 소지품은 잘 챙기고! 우린 버스와 함께 저 배를 탈 거야."

버스가 멈추자 담임이 일어나 말했다. 담임 말이 끝나기 무섭게 앞자리에 앉았던 아이들 몇몇이 얼른 버스에서 내렸다.

오른쪽 차창 밖을 내다보니 앞부분이 유난히 기다란 배가 보였다. 그 배는 바다 쪽으로 이어진 선착장 끄트머리에서 아가리를 열고 자동차를 한 대씩 삼키고 있었다. 그 광경을 지켜보듯 선착장 옆으로 크고 작은 배들이 늘어서 있었다. 나는 백팩을 챙겨 바깥으로 나왔다.

제일 먼저 커다란 광고판이 눈에 들어왔다.

명품 강화도 새우젓

육중한 철탑 위에 세운 광고판의 글씨를 쳐다보는 것만으로도 입안에 짠맛이 돌았다. 공연히 침을 뱉고 나서 해양 경찰이라는 간판이 붙어 있는 누런색 건물 앞을 지났다.

고깃배들이 줄줄이 늘어선 바닷가 쪽 길로 나섰다. 앞뒤로 버스에서 내린 여자아이들이 삼삼오오 몰려다니며 사진을 찍고 있었다. 몇몇은 갈매기를 찍었고, 또 몇몇은 버려진 그물 위에 올라가 브이 자를 그렸다. 연신 깔깔거리면서 쉬지 않고 조잘댔다.

나는 선착장 쪽으로 걸었다.

"어이, 친구! 우리도 기념사진 한 장 찍자!"

형주였다. 닻사슬을 단단히 매어 둔 쇠 말뚝 옆에 서서 손가락을 까딱거렸다. 미적미적 다가가자 형주는 내 어깨에 손을 올리고 우진이를 불렀다.

"야변! 제대로 한번 찍어 봐."

"가만있어 봐. 아직 작품 촬영이 덜 끝났단 말야!"

"야, 새꺄! 뭘 하는데?"

"작품 제목은 갈매기의 꿈을 찾아 떠나는 4인의 탐험대!"

"저 새끼, 뭐래냐? 저게 문법에도 안 맞는 말을 지껄이고 있네."

형주, 네가 문법 운운할 처지는 아닌 것 같은데? 나는 형주의 팔을 걷어 냈다. 우진이는 여전히 휴대폰을 갈매기와 배 쪽으로 옮겨 가며 혼자 뭐라고 중얼거렸다.

"201×년 5월 10일, 소년 탐험대, 미지의 섬으로 가는 배 앞에 이르다. 갈매기는 부산스럽게 날고 선원들은 긴장하는데, 그 옆에는 고양이가……. 어라? 형주야! 이것 봐라!"

우진이가 휴대폰 화면을 바라보다가 호들갑을 떨며 배를 가리켰다.

"뭔데? 담임 빤쓰라도 봤냐?"

그 틈에 나는 녀석들을 뒤로하고 우리 반 버스가 있는 쪽으로 걸음을 옮겼다. 등 뒤에서 둘의 목소리가 어깨를 타 넘고 들려왔다.

"이거 그 고양이 아냐?"

"내 말이! 그 오드아이 고양이잖아."

순간, 나는 걸음을 멈추었다.

"야, 이루미! 이리 와 봐!"

나는 얼른 달려갔다. 우진이가 휴대폰으로 찍은 동영상을 보여 주었다. 있었다. 분명 그 오드아이 고양이였다. 화면 속에서 고양이는 배 난간을 어슬렁거리고 있었다. '외포 3호'라는 글씨가 보였다.

"저 배다! 우리가 탄다는 그 배야."

우진이가 선착장 한쪽에 정박해 있는 배를 가리켰다.

"야, 가자! 얼른!"

형주가 나를 잡아끌었다. 하지만 나는 움직이지 않았다. 어떻게 해야 좋을지 판단이 서지를 않았다.

"뭐 해, 새꺄!"

"어쩔 건데?"

"어쩌긴? 잡아야지."

"잡아서 어떻게 하냐고. 어떻게 데리고 갈 거야? 물론 잡힐는지도 알 수 없지만!"

"그건 내가 알아서 할 테니까, 넌 후딱 가서 잡기나 해!"

형주가 발로 내 엉덩이를 걷어찼다. 다리가 휘청거렸다. 그러는 나를 형주가 다시 끌어당겼다. 어쩔 수 없이 이끌려 가야 했다.

뛰었다. 외포 3호라는 글자가 점점 커졌다. 내키지 않았지만, 배 가까이 다가갈수록 나는 어느새 반사적으로 고양이가 나타났던 난간과 그 주변을 훑고 있었다. 그러나 고양이는 보이지 않았다.

선착장 난간에 바짝 붙어서 찾아봤지만, 역시 고양이는 없었다.

"없어! 안 보여."

나는 배 주위를 계속 두리번거리면서 말했다.

"어우, 이 고양이 새끼가 어디를 간 거야? 무지 속 썩이네!"

형주가 침을 뱉고서 말했다. 우진이는 고개를 갸웃거렸다.

"이상하다. 분명히 여기에 있었는데……."

"그새 도망쳤나? 그런데 그 고양이가 여긴 어떻게 왔지? 그 고양이가 분명해?"

뒤늦게 따라온 준호가 말했다. 사실 내가 궁금한 것도 그거였다. 어떻게 여기까지 왔을까?

"잘못 본 거 아니야? 길고양이는 어디든 있잖아."

준호가 말했다.

"아니라니까!"

우진이가 신경질을 부리며 휴대폰 화면을 준호에게 보여 주었다.

"맞네. 아, 저 배……?"

동영상을 확인한 준호가 외포 3호 옆 방파제 아래에 있는 작은 배를 가리켰다. 오드아이 고양이는 거기에 있었다. 고기잡이 배였다. 외포 3호에 견주어 크기가 10분의 1도 안 되었다. 고양이는 그 배에서 가슴까지 오는 장화를 신은 아저씨가 주는 생선을 받아먹고 있었다.

형주가 먼저 배 쪽으로 다가갔다. 나도 뒤를 따랐다.

"아저씨, 그 고양이 우리 거예요."

형주가 아저씨를 향해 소리쳤다. 아저씨가 푹 눌러썼던 모자를 들어 올리며 우리를 쳐다보았다.

"우리 거라고요. 이리 주세요."

그러자 아저씨는 피식 웃었다. 웃기지도 않는다는 투랄까? 그러고는 데려가 볼 테면 데려가 보라는 듯 손을 휘저은 뒤, 배 뒤편으로 물러나 앉았다. 고양이는 그물 위에서 남은 생선을 발라 먹고 있었다.

"갔다 와."

형주가 내 옆구리를 툭 쳤다.

"내가? 어떻게?"

배를 묶은 굵은 밧줄이 방파제 위에 박아 놓은 시뻘건 쇠 말뚝에 팽팽하게 매여 있었다. 하지만 배는 방파제 난간에서 2, 3미터쯤 떨어져 출렁거리고 있었다. 발아래는 검푸른 바닷물이었다.

내가 머뭇거리자 형주는 재촉하듯 턱짓을 해 보였다. 어쩔 수가 없었다.

나는 10여 미터쯤 뒤로 물러났다. 그리고 전속력으로 달렸다. 방파제 끝에서 힘껏 몸을 날렸다.

나는 배 앞머리의 그물 위로 툭 떨어졌다. 겨우 몸을 추스르고 일어났다. 오드아이 고양이가 나를 쳐다보았다. 표정이 무심했다. "너 누구야?" 이러는 것처럼.

"어떻게 된 거야?"

고양이가 대답할 리는 없었다. 녀석은 연신 혀를 날름거리며 입 주위를 핥기만 했다.

"잡아서 이리 던져!"

형주가 소리쳤다. 나는 놈을 쳐다보며 오드아이 고양이의 머리를 쓰다듬었다. 그제야 녀석은 내 손등에 얼굴을 비비댔다.

"아저씨, 고양이 데려갈게요!"

하지만 아저씨는 그물을 손질하면서 피식 웃고는 그만이었다. 어디 한번 해보라는 뜻?

나는 오드아이 고양이를 안고 일어났다. 정말 이 녀석을 형주에게 줘야 하는 걸까. 나는 이러지도 저러지도 못하고 우물

쭈물했다.

"뭐 해, 새끼! 얼른 이리 던지지 않고!"

생각 같아서는 놓아주고 싶었다. 하지만 그럴 수 없다는 걸 나는 잘 알고 있었다. 이 녀석을 놓아주면, 뒷일을 감당하기 힘들 테니까.

출렁거리는 배가 방파제에 가장 가까이 닿았을 때, 형주에게 고양이를 던졌다. 고양이는 형주의 발 앞에 사뿐히 착지했다. 그때를 기다려 형주가 고양이의 목덜미를 냉큼 붙잡았다. 그리고 때마침 방송이 나왔다.

"오원중학교 학생 여러분께 알립니다. 곧 버스가 출발할 예정이오니 지금 즉시 버스에 탑승해 주시길 바랍니다."

나는 방파제 쪽으로 건너뛰었다. 그런데 그때였다.

"야아아아아옹!"

오드아이 고양이가 날카로운 소리를 지르더니 형주의 품에서 뛰쳐나왔다. 그러고는 막 뒤따라온 내 앞에 멈추어 섰다.

"아, 씨발! 손등 할퀴었어. 야, 이루미! 다시 잡아!"

형주가 소리쳤다. 나는 무릎을 굽히고 앉아 손을 뻗었다.

"빨리. 늦었단 말이야!"

준호가 옆에서 재촉했다. 하지만 나는 아무것도 할 수 없었다.

그때, 고양이가 나를 똑바로 쳐다보았다. 초록 눈에서 빛이 났다. 그 빛이 천천히 밝아졌다가 다시 서서히 흐려지기를 몇 번 반복했다. 그러는 동안 나는 녀석에게서 눈을 떼지 못했다.

"이 새끼 진짜 뜸 들이네."

형주가 성큼성큼 다가왔다. 순간, 나는 일어나면서 형주를 밀쳤다. 그리고 고양이를 들어 품에 안은 채 선착장 쪽으로 뛰었다.

'뭐, 뭐지?'

달리면서 고개를 갸웃했다. 내가 왜 이러는 건지 도무지 알 수 없었지만, 그래도 뜀박질은 멈추지 않았다.

"야! 저 새끼 잡아!"

형주가 쫓아왔다.

"시간 다 됐어. 선생님이 부르잖아."

"잡으라고, 새끼들아! 너희도 죽을래? 오늘 내가 저 새끼 다리 안 부러뜨리면 사람이 아니다."

준호가 끼어들었지만 형주는 막무가내였다. 형주는 둘을 족대기며 나를 쫓아왔다.

선착장 끝은 바다였다. 나는 하얀색 커다란 배를 향해 뛰었다. 하필이면 우리가 타야 한다는 배의 반대편에 있는 배였다. 가까이 다가가 보니 난간이 높았다. 먼저 고양이를 난간 위쪽으로 던졌다. 고양이는 난간 끝을 앞발로 붙잡은 뒤, 서너 번 버둥대다가 위로 올라갔다. 나는 뒤로 물러났다가 있는 힘을 다해 달렸다. 그리고 위쪽으로 손을 뻗었다. 월 런! 가까스로 난간 위로 올라갔다.

형주가 악다구니를 쳤다.

"야, 새꺄! 고양이 안 내놔? 내가 그놈의 고양이 새끼, 가죽을 확 벗겨 버릴 거야!"

소녀

나뭇길도 제대로 나 있지 않은 숲 속을 달렸다. 날마다 뛰어다니던 골목길과는 발바닥에 닿는 느낌까지 달라서 잔뜩 긴장했다. 젖은 낙엽 때문에 미끄러졌고, 돌부리에 걸려 네댓 번이나 앞으로 고꾸라질 뻔했다. 움푹 파인 땅에 발을 헛디뎌 무릎이 꺾이고 휘청거리기도 했다. 빽빽한 나무들 사이를 지나갈 때는 잔가지가 얼굴을 때렸고, 땅 위로 불거진 나무뿌리에 두 번을 걸려서 그중 한 번은 그예 넘어지고 말았다. 크게 다치지는 않았지만, 오른쪽 무릎이 깨지고 왼쪽 어깨가 굵은 소나무 가지에 부딪혀 몹시 아팠다. 그래도 얼른 추스르고는 다시 멈추지 않고 달렸다.

나중에는 길인지 아닌지도 모른 채 그저 오드아이 고양이를 따라 뛰었다. 녀석은 한 번도 쉬지 않았고, 돌아보지도 않았다. 나도 무작정 뛰어야겠다는 생각이 들어서 놓칠세라 뒤를 쫓았다.

녀석은 드디어 소나무 숲이 끝나고 눈앞에 탁 트인 바다가 보이는 야트막한 언덕에서 멈추었다. 나도 멈추어 잠시 숨을 돌렸는데, 고새 오드아이 고양이가 사라지고 없었다. 선착장부터 끈질기게 쫓아오던 형주도 보이지 않았고, 당연히 놈의 악다구니 같은 소리도 들리지 않았다. 나는 소나무 숲을 등진 채 멀리 바다와 갯벌이 보이는 낯선 언덕에 홀로 남겨졌다.

그제야 통어리적은 짓을 했다는 생각에 이르렀다. 애초에 형주에게 고양이를 넘겨주었어야 했다. 어디로 가는지도 모르는 배를 탄 건 더더욱 잘못된 일이었다. 뒤늦게라도 배에서 내려 버스로 달려갔어야 했다. 그랬다면 어쩔 수 없이 물려지내는 동안 시간을 벌고, 형주를 설득할 수도 있었을지 모른다. 물론 몇 대는 맞겠지만, 담임이 타고 있는 버스에서 죽이기까지야 할까.

그런데 왜 그랬을까?

나도 모르게 고양이를 안고 낯선 배에 올라탔고, 형주가 배 안까지 쫓아오는 바람에 동력실이라고 쓴 창고에 내내 숨어 있었다. 형주가 바로 그 앞까지 왔다 갔다 했기 때문에 숨을 죽이고 있느라 배가 출발하는 걸 알면서도 바깥으로 나올 수 없었다. 15분쯤 지나서 배가 낯선 선착장에 닿은 뒤에야 뛰어나와 달렸다.

이 모든 일이 순식간에 일어났다. 그러는 동안에도 무슨 이유에서인지 오드아이 고양이를 형주에게 넘겨줘선 안 된다는 생각이 머릿속에 가득했다. 그건 정말이지 절체절명의 임무처럼 느껴졌다.

날씨가 점점 나빠졌다. 뿌연 하늘에서 빗방울이 떨어지기 시작했다. 외포리 선착장에 닿을 때까지만 해도 햇살이 눈부셨는데, 하늘에는 어느새 먹구름이 잔뜩 끼어 있었다. 게다가 바람까지 불었다. 교복 앞섶을 헤치는 바람의 손길이 제법 거셌다. 나는 교복 위에 걸친 바람막이 점퍼의 지퍼를 올렸다. 그러자 기다렸다는 듯이 어디서 돌풍이 불어와 얼굴에 모래를 뿌렸다.

얼른 소나무 뒤로 몸을 숨겼다. 손으로 입과 코를 가린 채 숨을 깊이 들이쉰 다음, 언덕에서 조금 더 내려왔다. 오른쪽에 있는 무덤 같은 둔덕에 올라서자 저 멀리 가로놓인 큰길이 보였다. 해안 도로였다. 그 너머가 갯벌이고, 너른 갯벌 앞은 바다일 거였다. 물론 바다는 희뿌연 안개에 갇혀 보이지 않았다.

둔덕을 돌아서자 해안 도로 쪽에 외따로이 떨어져 있는 집이 한두 채씩 눈에 띄었다. 나는 무엇이 있을지, 어떻게 해야 할지도 모르면서 서둘러 걸었다.

비가 더 쏟아졌다. 하늘은 아까보다 더 검게 물들어 있었다. 무서웠다. 사람은 하나도 보이지 않았고, 어둠이 점점 사방에서 조여 오는 것 같았다.

다시 뛰었다. 가시덤불이 발목을 잡았고, 키 작은 나뭇가지가 회초리처럼 정강이를 때렸다. 거미줄이 자꾸만 목을 졸랐고, 떼어 내면 벌레가 달려들었다. 그것들을 피하려고 더 빨리 뛰었지만, 웬일인지 손에 잡힐 듯했던 집들은 들길을 한참이나 지나왔는데도 여전히 그 자리에 있었다.

나는 뜀박질을 멈추고 머뭇거렸다. 집이 보이는 쪽으로 계속 달려야 할지 아니면 해안 도로 쪽으로 내려가야 할지, 판단이 서지 않았다.

울고 싶었다. 그냥 주저앉아 울다 보면 엄마가 달려와 주지 않을까. 그런 생각을 하자 엄마 얼굴이 생생하게 떠올랐다.

아! 이런 일이 생기려고 엄마는 평소 하지도 않던 말을 한 건가?

"루미야, 엄마는 어떤 경우라도 널 사랑해!"

엄마는 이렇게 말하면서 어깨를 토닥여 주었다. 하지만 어색했다. 텔레비전 드라마에 나오는 '착한 엄마' 코스프레 같아서 어찌나 쑥스럽고 멋쩍던지! 그런데 지금은 엄마의 그 얼굴이 자꾸만 머릿속에 되살아났다.

가슴이 울컥했다. 나는 길 잃은 어린아이처럼 멍하니 서서 사방을 두리번거렸다.

그때, 빛이 보였다. 오른쪽 언덕 위로 푸른빛이 연하게 번져 있었다. 하늘 전체를 물들인 검은 바탕과 대조되어, 그 빛은 내가 이역(異域)에 와 있다는 것을 분명하게 각인시켰다.

나는 그 빛을 따라갔다. 밭고랑을 따라 걷고, 언덕 위쪽으로 나 있는 배수로를 건넜다. 이어 이름 모를 작물의 잎이 말라 비틀어진 것으로 보아 오래 묵혔음 직한 밭을 지났다. 그리고 언제 쌓았는지 모르는, 이끼가 잔뜩 낀 돌담을 타 넘었다. 그 담을 넘어서자 아름드리 커다란 나무가 불쑥 나타나 앞을 막았다.

아……!

어른 세 명이 팔을 벌려야 겨우 테두리를 감을 수 있을 만한 큰 몸체, 여러 개의 굵은 가지 위에 또 잔가지들, 그리고 무성한 이파리들이 아주 촘촘하게 붙어서 하늘을 가리고 있었다. 꼭대기는 아예 숲이나 다름없어 보였다. 초록빛은 그 나무의 이파리들이 너울거리며 내뿜는 것이었다.

바닥에는 땅속을 뚫고 나온 뿌리등걸이 우둘투둘 돋아나 있었다. 마치 수십 마리의 뱀이 서로를 휘감고 꿈틀거리는 것처럼 보였다. 금방이라도 살아나서 달려들 것만 같아 소름이 돋았다.

나는 나무 아래로 들어갔다. 푸른빛이 내 몸을 감쌌다.

그때 돌풍이 또 한 차례 몰려와 내 몸을 붙잡고 흔들었다. 나는 나무 아래로 더 깊이 들어가 바람이 불어오는 반대쪽에 웅크리고 앉았다. 바람이 더는 나를 어쩌지 못하고 나무 옆으로 윙윙 소리를 내며 지나갔다. 나무 바깥쪽은 여전히 빗발이 굵은데, 내가 앉은 곳에는 거의 빗물이 떨어지지 않았다. 시계를 보니 어느덧 2시를 넘어서고 있었다.

배가 고프고 다리가 후들거렸다. 피로가 몰려왔다. 간밤에 잠도 제대로 못 잔 데다가 방금 전까지 쉬지 않고 달린 탓이었다. 길게 숨을 몰아쉬고 가방을 뒤졌다. 김밥 두 줄과 초코파이, 음료수 두 캔과 과자 한 봉지. 나는 포일에 싼 김밥 한 줄을 꺼냈다. 달리고 넘어지고 해서 그런지 김밥 옆구리가 다 터져 단무지며 햄 따위가 따로 놀고 있었다. 나는 나무젓가락을 내려놓고 손으로 허겁지겁 주워 먹었다. 자꾸만 목이 메어서 음료수와 김밥을 목구멍 안으로 같이 밀어 넣어야 했다.

김밥 꽁지를 입에 털어 넣은 뒤, 점퍼의 지퍼를 목 위까지 바싹 올렸다. 그리고 아빠에게 물었다. "저 할 수 있겠죠?" 그러자 아빠는 정말 아무 일도 아니라는 듯 해맑은 표정으로 말했다. "물론이지!" 나는 몸을 웅숭그리고 나무에 기댔다. 자꾸만 머리가 희끈거렸다.

퍼뜩 정신을 차리고 보니 돌풍은 기세가 한풀 꺾인 듯했다. 도대체 나에게 왜 이런 일이 생긴 걸까? 이제 어떻게 해야 할까? 이런저런 생각을 하다가 깜빡 졸았는데, 빗줄기도 훨씬 가늘어져 있었다.

나는 자리에서 일어났다. 새 몇 마리가 나뭇가지 높은 곳에서 푸드덕 소리를 내며 어디론가 날아올랐다. 그 바람에 이파리가 몇 개 떨어졌다. 그중 하나가 내 발 앞으로 내려앉았다.

연초록빛 어린잎이었다. 나는 그것을 주워 들고 나무 위를 쳐다보았다.

사방이 어둑한데 이파리들은 더 푸른빛을 냈다. 가만 보니 작은 새들이 이 나뭇가지에서 저 나뭇가지로 무성한 잎들 사이를 옮겨 다니고 있었다. 나무의 푸른빛 때문인지 마치 푸른 실루엣이 둥둥 떠다니는 것처럼 보였다. 그러다가 푸드덕 나무 바깥으로 날아오르면 그 실루엣은 사라지고 원래 모습으로 되돌아갔다. 언뜻 보기에는 깃털이 갈색인 새였다. 배와 깃 가장자리는 흰색이고, 부리는 회색인데…….

쿠쿵!

갑자기 바닷가 쪽 어디서 땅울림 소리가 들렸다. 나무 안팎을 들락거리던 작은 새 몇 마리가 놀란 듯 무성한 나뭇잎 속으로 숨어 버렸다. 소리가 난 쪽으로 고개를 돌렸지만, 어디서 난 소리인지는 정확히 알 수 없었다.

빗줄기는 점점 가늘어져 이제 안개비로 변했다. 덕분에 나무 그늘 바깥의 형체들이 하나둘 눈에 들어왔다. 언덕 아래로 다시 해안 도로가 보였고, 그 길을 따라 드문드문 집들이 보였다. 해안 도로 오른쪽에서 왼쪽으로는 트, 조, 리, 양, 해, 드, 월, 씨 라고 쓴 팻말이 보였다. 으응? 아, 씨월드 해양 리조트! 그리고 팻말 너머 갯벌 안쪽으로 서너 대의 불도저와 포클레인이 눈에 들어왔다. 그 주위에는 하늘을 찌를 듯이 솟은 타워 크레인 두 대가 세워져 있었다. 커다란 트럭들이 그 사이를 간간이 오가고 있었다. '트' 자 옆쪽으로는 2~3층짜리 건물 몇 채가 보였고, 그 뒤쪽 언덕에는 건설 회사 이름과 '안전제일' 따위의 글자들이 쓰여 있었다. 땅울림 소리는 아마 그쪽 어디에서 난 모양이었다.

나는 나무 그늘에서 빠져나왔다. 이제 보니 나무 주위가 편평하게 다듬어져 있었고, 왼쪽에 마을로 내려가는 돌계단이 나 있었다.

돌계단을 따라 내려갔다. 그리고 그 끝에 있는 안내판을 훑어보았다.

인천시 보호수 천연기념물 제 OOO호

주소 인천광역시 강화읍 OO리 108-602번지

수령 약 900년

오랜 옛날, 위 씨(韋氏)가 이 마을에 처음 들어와 사는데, 땅이 척박하여 농사가 되지 않고 물고기도 잡히지 않아 힘겹게 연명하였다. 그러던 어느 날, 바닷가에 봉황새 한 마리가 날아와 앉는 것을 보았다. 위 씨가 그쪽으로 달려갔더니 그새 봉황새는 보이지 않고, 그 자리에 낯선 나무 한 그루가 솟아 있었다. 위 씨는 이 나무에 절을 올리고 제사를 지냈다. 그러자 이듬해부터 농사가 잘되고 물고기도 잘 잡혔다. 그 뒤로 위 씨와 마을 사람들은 이 나무를 신성히 여겨 해마다 제사를 지내고 보호했다고 한다. 위 씨가 발견한 봉황의 나무가 바로 이 나무라고 하는데…….

당산나무? 들어 본 적 있다. 마을의 수호신 역할을 한다는! 나는 고개를 끄덕이고서 돌아섰다. 해안 도로를 따라 다시 선착장을 찾아볼 생각이었다. 어쨌든 돌아가야 하니까.

그런데 발걸음을 붙잡는 무언가가 있었다. 나는 다시 돌아서서 안내판을 보았다. 108-602번지? 이상한 생각이 들었다. 나는 휴대폰에 저장해 둔 사진을 찾았다. 오드아이 고양이 목에 걸려 있던……. 아니, 그럴 필요가 없었다. 형주가 건네준 인식표가 주머니에 있었다. 얼른 꺼내 보았다. 인식표에 적힌 주소와 당산나무의 주소가 똑같았다.

뒷목이 서늘해졌다. 아니, 오드아이 고양이의 집이 여기란 말이야? 이 당산나무가 주인이라도 된다는 거야? 그러면 결국 오드아이 고양이가 나를 제 집까지 데려온 거야? 이런, 미친!

숨이 탁 막혔다.

'그럴 리가 없어. 당산나무가 고양이의 주인이라니! 그래, 이 근처에 사는 누가 여기 주소를 적어서 고양이 목에 걸어 준 거겠지. 아마 그럴 거야!'

나 자신을 다독였다. 하지만 어쨌든 고양이가 나를 제가 사는 곳까지 데리고 왔다는 사실만큼은 변함이 없었다. 나는 살짝 뒤로 물러서서 나무를 올려다보았다.

나무는 잎을 떨며 무어라 말을 하는 것 같기도 하고, 왠지 모르지만 흐느끼는 것 같기도 했다.

나는 무언가에 이끌리듯 다시 돌계단을 올라갔다. 방금 전보다 더 푸른빛을 내고 있는 나무를 쳐다보면서. 계단을 다 올랐을 때는 눈이 시렸고, 눈물이 났다. 그렇게 흐려진 내 눈 앞에, 거짓말처럼 한 소녀가 서 있었다.

소녀는 나보다 한두 살쯤 많아 보였다. 얼굴빛이 까무잡잡하고 매초롬했다. 커다란 눈은 움푹 들어가 있고, 이마가 넓고 눈썹이 진했다. 무심코 우리나라 사람이 아닐 거라는 생각이 들었다. 색색의 끈으로 머리를 묶었는데, 텔레비전 다큐멘터리 프로그램에서 본 어느 원시 부족의 여전사 모습이 잠깐 떠오르기도 했다. 한쪽 팔목에도 같은 끈을 감고 있어서 더 그런 생각이 들었나 보다. 나는 소녀가 몹시 이국적이라는 생각에 사로잡혀 아무 말도 하지 못했다.

내가 당황하고 있다는 걸 소녀도 눈치챘을 터였다. 그러나 소녀는 전혀 아랑곳하지 않고 손을 들어 나무를 가리켰다. 내 시선도 그 끝을 따라갔다.

소녀가 휘파람을 불었다.

"휘이잇! 휘이잇!"

휘파람 소리는 메아리가 되어 나무 주위를 맴돌았다.

얼마나 시간이 지났을까. 나뭇가지와 이파리가 부르르 떨리는가 싶더니 그 속에서 오드아이 고양이가 나타났다. 녀석은 나와 처음 만난 그날처럼 네 다리를 펼치고 허공을 휘저으며 날았다. 그러고는 소녀 앞쪽에 사뿐 내려앉았다.

"야아아아아옹!"

인사라도 하듯 고양이는 나를 향해 한 번 울고는, 냉큼 소녀의 품으로 뛰어들었다.

아, 그렇다면 이 소녀가 고양이의 주인?

눈앞에서 벌어지는 일들이 파악되지 않았다. 긴장감 때문에 입안이 바싹 말랐다. 혀가 뻣뻣해지는 느낌도 들었다.

"너 맞니? 프라이데이가 데려온?"

소녀가 고양이를 쓰다듬으며 물었다. 다행히 외국인은 아니네! 그런데 방금 뭐라고 했지?

"프, 프라이데이?"

소녀의 말에 입은 열었지만 반사적인 거였다. 나는 무어라 더 말하지 못했다. 용기가 나지 않았다. 아니, 무슨 말을 할 틈이 없어 여짓거리는데, 바다 쪽 어디에서 '쿠쿵' 하는 소리가 들렸다. 그 소리에 무성한 나뭇잎 사이에 숨어 있던 새들이 일제히 날아올랐다. 못해도 몇십 마리는 되어 보였다. 그 새들은 모두 초록빛을 품은 채 한쪽으로 치솟았다가 우리가 서 있는 쪽으로 떨어지는 듯하더니, 곧 방향을 바꾸어 하늘 저편으로 날아갔다.

소녀는 한동안 새들이 날아간 쪽을 바라보았다.

새들이 점처럼 작아지자 소녀는 다시 내게로 눈을 돌렸다. 그러고는 몇 걸음 더 다가와 손을 뻗었다. 나는 긴장감에 온몸이 굳어 버리는 느낌이었다. 움직일 수가 없었다.

이윽고 소녀의 손끝이 내 가슴에, 바로 고양이 펜던트에 닿는 순간, 나는 감전이라도 된 것처럼 몸을 떨었다.

"기다리고 있었어. 이 나무가 너를……."

그 순간, 바닷가 쪽에서 또 '쿠쿵' 하는 소리가 들렸다. 소녀는 놀란 듯 얼른 펜던트에서 손을 떼고 말했다.

"안 되겠어. 여기서 기다려!"

그러고는 돌계단 아래로 달려 내려갔다. 고양이도 후닥닥 소녀 뒤를 따랐다.

뭐에 홀린 것처럼 서 있던 나는 잠시 후 돌계단 쪽으로 뛰었다. 하지만 소녀는 벌써 사라지고 없었다. 나는 돌계단을 내려가다 말고 중간에 털썩 주저앉았다. 엉덩이가 축축해졌지만 일어설 기운이 없었다. 다리는 뻣뻣했고, 머릿속은 엉클어진 실타래처럼 꼬이고 뒤틀려서 엉망이었다.

'미친! 지금 내가 뭘 하고 있는 거야? 아니, 나한테 지금 무슨 일이 생긴 거지? 내가 귀신에 홀린 건가? 오드아이 저놈은 귀신이 틀림없어. 저 여자애가 하는 소리 못 들었어? 놈의 이름이 프라이데이라잖아. 그리고 나를 기다리고 있었다잖아? 그럼 맞네! 저주받은 고양이 프라이데이! 그럼 저 여자아이는 마녀라도 되는 건가? 아, 완전 멘붕이잖아.'

나는 머리를 흔들었다. 왜 이런 일이 생긴 걸까? 아마 지금 담임은 나를 찾느라 난리를 피우고 있을 것이다. 혹시 엄마한테 전화를 했을까? 당연히 발칵 뒤집혔겠지? 하긴, 나 말고 형주와 똘마니 두 놈도 따라왔으니까. 아니지. 놈들은 배를 타고 돌아갔을지도 몰라.

그럼 난……. 아, 휴대폰!

주머니에서 휴대폰을 꺼냈다. 하지만 화면에는 메시지건 전화건, 연락 온 아무런 흔적이 없었다. 그럴 만했다. 화면 상단에는 4G 표시도, 음성 전화 수신 가능 표시도 전혀 작동하고 있지 않았다. 누군가에게 전화도 할 수 없고, 메시지도 보낼 수 없으며, 인터넷 접속조차 불가능한 상태. 완벽하게 차단되었다는 뜻이었다.

그러자 더 무서운 생각이 들었다. 나는 벌떡 일어나 돌계단을 마저 내려갔다. 그리고 밭길을 걸어 오래된 농가 두 군데를 지나 자동차가 한 대 정도 다닐 만한 길로 들어섰다. 5분쯤 더 걷자 포장된 해안 도로가 나오고, 마침내 오른쪽에 이정표가 보였다.

선착장 2km

이정표를 보니 마음이 조금 놓였다. 나는 갯벌에서 크르릉 소리를 내며 움직이는 포클레인과 불도저를 힐끔힐끔 쳐다보며 부지런히 걸었다. 해안 도로 가장자리에 세워진 커다란 광고판도 쳐다보았다.

씨월드 수상 펜션 조감도 (주) 씨월드 리조트

그런 제목 아래로 '신개념 해양 리조트', '우리나라 최초로 갯벌 위에 지어지는 친환경 수상 펜션', '바다 위에서 즐기는 서해안의 아침' 따위의 크고 작은 글자들이 잔뜩 쓰여 있었다. 그 밑에는 갯벌과 펜션들이 화려하게 그려져 있는데, 특이하게도 그 펜션들은 갯벌 위를 가로지르는 나무다리로 모두 연결되어 있었다. 갯벌에서 조개를 줍는 아이들, 갯벌 옆과 펜션 테라스에서 낚시하는 사람들도 그려져 있었다. 나도 모르게 "우아!" 하는 탄성이 흘러나왔다.

광고판을 지났을 때 흙을 잔뜩 실은 트럭 두 대가 쌩하고 지나갔다. 그리고 금방 또 다른 이정표가 나타났다.

선착장 1km

자동차가 자주 눈에 띄었고, 지나다니는 사람도 늘어났다. 나는 조바심이 났다. 이제 곧 어떤 일들이 닥칠지 벌써부터 걱정이 되었다. 하지만 다시 한 번 나 자신을 다독거렸다.

괜찮아. 돌아가면 돼. 좀 늦긴 했지만, 그래도 3시밖에 안 됐잖아. 우선 강화도로 나가는 배를 타는 거야. 그리고 전화가 되는 대로 담임한테 연락부터 하자. 갈매기 구경하느라 집합하라는 소리를 못 들었다고 하지, 뭐. 아니야! 내가 없어진 걸 알았으면 외포리 선착장 주변을 찾았을 텐데……. 그나저나 엄마한테는 아직 연락을 안 했으면 좋을 텐데. 엄마는 내가 잠깐이라도 사라졌다는 것을, 그것도 고양이 때문에 그랬다는 사실을 알게 되면 틀림없이 아빠 탓을 할 거다. 어쩌면 또 '미국에 있는 이모한테 보내 버린다'는 최악의 카드를 꺼내 들지 모른다.

휴!

나는 숨을 크게 내쉬고 발을 더 재게 놀렸다.

선착장 500m

그때부터는 아예 뛰었다. 얼마 지나지 않아 선착장 간판이 보였다. 나는 주먹을 꽉 쥐었다. 됐어, 계획대로 하는 거야! 모든 게 괜찮아.

그러나 내 바람은 선착장에 이르자마자 산산조각 나고 말았다.

한달음에 선착장 대합실 앞까지 온 나는 구멍가게 앞을 휙 지나가는 준호를 발견했다. 오가는 사람들 속에서 놈의 머리 하나만 위로 솟아 동동 떠다니고 있었다. 나는 재빨리 길옆에 세워진 파란 트럭 뒤로 몸을 숨기고 주변을 조심스럽게 살펴보았다. 형주와 우진이가 구멍가게 옆에 펴 놓은 파라솔 아래 앉아 있는 것이 보였다. 형주는 콜라를 병째 들이켜고 있었고,

우진이는 하드를 빨아 먹고 있었다.

새는 오지 않는다

비가 그치고 바람은 완전히 잦아들었다. 그 때문이기도 하겠지만, 나무 아래는 생각보다 포근했다. 나는 웅크리고 앉아서 한동안 꼼짝도 하지 않았다. 걱정이 되었고, 무서웠다. 도대체 내게 무슨 일이 생긴 걸까? 나는 아무 생각도 나지 않았다. 두려움뿐이었다. 당장 이곳에서 혼자 밤을 지새야 한다는 사실이 끔찍했다. 나는 몸을 더 웅크리고 점퍼 깃을 바짝 올렸다. 별로 춥지 않은데도 이상하게 몸이 떨렸다.

엄마 아빠의 얼굴을 차례로 떠올렸다. 그러고 보니 아빠는 물론이고 엄마도 낯선 곳에서 (더구나 밤에!) 홀로 12시간을 어떻게 보내야 하는지 가르쳐 주지 않았다는 사실에 나는 경악했다.

그때, 어디서 발소리가 들렸다. 나는 귀를 쫑긋 세웠다. 옷

깃 안으로 파묻었던 머리를 들어 사방을 돌아보았다. 뒤쪽인 듯했다. 형주 패거리일 수도 있다는 생각이 들었다. 그래서 아주 천천히 백팩 손잡이를 잡으면서 조심스럽게 몸을 바로 세웠다. 여차하면 뛰어야 하니까. 그러나 일어나기도 전에 누가 내 앞에 와서 섰다.

소녀였다.

소녀는 내 앞에 서서 잠시 나를 내려다보았다. 소녀가 씩 웃더니 손을 내밀었다. 나는 머뭇거리다가 손을 뻗었다. 그러자 소녀가 나를 잡아 일으켰다. 그러고는 돌계단 근처까지 데리고 갔다.

얼결에 이끌려 간 나는 소녀 옆에 나란히 섰다.

"저길 봐!"

소녀가 바닷가 쪽을 가리켰다. 해가 지고 있었다. 까치놀이 유난히 붉었다.

"시간이 없어!"

손은 여전히 서쪽 하늘을 가리킨 채로 소녀가 말했다. 무슨 말을 하려는 건지 묻고 싶었지만 입이 떨어지지 않았다. 머릿속에 '이젠 정말 어떻게 하지?'라는 생각만 가득했기 때문이다.

내가 형주를 피해 숨어 있던 트럭의 기사 아저씨가 그랬다.
"이 섬은 유명 관광지가 아니고 사는 사람도 많지 않아서 배가 하루에 네 번밖에 안 들어와. 첫 배랑 두 번째 배는 아까 들어왔다 나갔고, 세 번째 배는 돌풍 때문에 들어오지 못했다더라. 막배는……, 물이 너무 많이 빠져서 들어올 수 있으려나?" 했다. 그래서 내가 "왜요?" 하고 묻자, "자동차를 싣고 다니는 큰 배라서 물이 많이 빠지면 뜨지를 못하거든." 하고는 가 버렸다.

끝내 배는 들어오지 않았다. 형주 패거리의 눈을 피해 가며 선착장 주변을 5시까지 어슬렁거려 봤지만 허사였다. 5시 30분쯤, 선착장 간판 꼭대기에 있는 스피커에서 "주민 여러분께 알립니다. 간조가 심해서 배가 못 뜹니다. 배를 이용하실 분은 내일 아침 일곱 시에……." 하는 방송이 나왔다.

그 순간 나는 정신 줄을 놓았다.

"어떡하지? 응?"

자신을 다그쳤지만, 아무 생각도 나지 않았다. 트럭이 떠나고 몸이 온전히 형주 패거리에게 노출되었는데도, 나는 그 자리에 멍하니 서 있었다. 다행히 지나가는 자동차와 사람들 때문에 놈들은 나를 보지 못한 듯했다. 아니, 놈들도 당황해서 선착장 대합실과 자동차를 배에 싣는 도선장을 왔다 갔다 하는 것 같았다.

대합실 입구 옆에 있는 허름한 파출소에 가서 도움을 청해 볼까 하는 생각도 했다. 하지만 그러다가 어떻게 될지 몰라 망설여졌다. 만약 경찰이 엄마한테 연락을 하면……? 일단 발걸음을 돌렸다. 다시 멈추고 생각했다. 피한다고 될 일도 아니잖아. 오늘 안으로 돌아가지 못하면 결과는 불을 보듯 뻔한 거 아니야? 그래, 차라리…….

이러지도 저러지도 못하고 있을 때 형주 패거리가 보였다. 경찰에 사정을 이야기하면 경찰이 저놈들도 찾을 테고, 그러면 결국 우린 파출소에서……. 이건 아니다 싶었다.

더 생각해 보기로 했다. 선착장 주변에 숨어 있을 만한 곳이 있는지 살펴보았다. 그러나 마땅치가 않았다. 횟집이 열댓 개에 슈퍼마켓과 민박집이 있었지만 재워 줄지 의문이었고, 돈이라고는 천 원짜리 석 장과 만 원짜리 한 장뿐이었다.

결국 나는 발길 닿는 대로 걸었다. 그러다 정신을 차려 보니 다시 나무 아래에 와 있었다. 그뿐이었다. 머릿속에서는 '이젠 정말 어떻게 하지?' 하는 물음만 맴돌았다.

뒤에서 푸드덕 하는 소리가 들렸다. 얼른 돌아보니 아까 봤던 새였다. 갈색 깃털, 흰 배, 그리고 검은색 부리. 서너 마리가 이리저리 날다가 소녀에게 날아왔다. 나는 깜짝 놀라 뒤로 네댓 걸음 물러섰다. 한 마리는 소녀의 어깨에, 또 한 마리는 손에, 그리고 두 마리는 바닥에 내려앉았다.

"추릅, 추<u>츠츠츠</u>! 추<u>르르르</u> 추춥!"

새가 요란하게 울었다.

그러자 소녀가 입술을 오므려 새소리와 흡사한 소리를 냈다. 마치 무슨 대화라도 하듯이.

"추<u>르르르르</u>, 틉틉, 추춥! 추<u>츠츠츠츠</u>!"

그 소리에 새들이 휙 날아올랐고, 동시에 소녀가 돌아서서 달렸다. 그러더니 눈 깜짝할 사이에 나무 위로 올라갔다.

그때 나는 보았다. 월 런과 클라임 업. 내게는 프리러닝의 고수가 두 기술을 한 번에 이용해 담을 타오르는 모습처럼 보였다. 동작이 날래고 가벼웠다. 아직도 팔 힘에 의지해서 어설프게 담을 타는 나와는 달랐다. 실제로 벽, 아니, 나무를 발로 짚는 위치, 그리고 그 순간에 오히려 몸을 뒤로 약간 젖히면서 그 힘을 위로 솟구치도록 변환하는 동작이 아주 자연스러워 보였다. 물론 동영상이나 동호회 고수들에게서 배운 것처럼 세련된 자세는 아니었지만, 실력만큼은 그에 못지않았다. 더구나 소녀는 다 해어진 농구화를 신고 있었다. 뿐만 아니라 습기 때문에 나무껍질이 미끄러울 터였다. 그런데도 저렇게 뛸 수 있다니! 소녀의 나무 타기 기술은 정말 놀라웠다.

소녀는 나무줄기 사이를 이쪽저쪽 옮겨 다니며 계속 소리를 냈다.

"추르르, 추춥! 추츠츠츠츠!"

그렇게 새들과 소리를 주고받던 소녀는 재빨리 나무를 타고 땅으로 내려왔다. 그리고 내게 다가와 또 알 수 없는 소리를 했다.

"곧 새가 날아올 거야. 도요새."

"도요새?"

"해마다 5월이면 도요새가 날아와. 그 새들이 뉴질랜드나

호주 같은 아주 먼 나라에서 날아온다는 건 알고 있지? 물론 태국이나 인도네시아 같은 나라에서도 와. 몇천 킬로미터를 쉬지 않고 날아오는 거야. 시베리아를 향해서 가는 거지."

그래서 그게 뭐 어떻다고? 하지만 그 말을 입 밖으로 내지는 않았다.

소녀는 말을 이어 갔다.

"그런데 만약 저 갯벌에서 먹이를 구하지 못하면, 도요새는 허기진 채로 시베리아로 날아갈 거야. 그렇게 되면……."

"죽……겠지."

"맞아. 날아가다가 어느 순간 날개를 접고 곤두박질칠 거야. 수백, 아니, 수천 마리가 그렇게 될지도 몰라."

그 말을 듣자 소름이 돋았다. 나는 되물었다.

"그런데 왜? 해마다 이동하는 철새들이 왜 저 갯벌에 내려앉을 수 없는 건데?"

소녀는 대답은 않고 갯벌을 가리켰다.

"저기, 뭐?"

"갯벌 위에 건물을 짓고 있어."

"그건 나도 봤어. 무슨 수상 리조트를 짓는다던데?"

"응, 그걸 막아야 해. 저기에 펜션이 지어지면 도요새는 날아오지 못할 거야. 그러니까 네가 도와줘!"

영문 모를 소리만 하는 것도 희한하지만, 도대체 나를 언제 봤다고 이렇게 스스럼없이 구는 걸까? 나는 아직도 낯설기만

한데, 소녀는 나를 친구 대하듯 하고 있었다.

"갯벌은 그대로 있잖아."

"아니! 저 사람들이 없어야 해. 저 기계들도……! 트럭이랑 포클레인, 이런 거 말야."

"왜?"

"새들은 공해와 소음에 아주 민감해. 도요새들은 특히 더!"

소녀가 나중 말에 힘을 주었다.

"그치만 친환경적인 펜션이라던데?"

"아니야! 전부 거짓말이야! 도요새는 다 죽을 거야!"

내가 무심코 한 말에 소녀가 목소리를 높이며 주먹을 꼭 쥐었다. 나를 바라보는 눈빛이 매서웠다. 나는 깜짝 놀라 몸을 움츠렸다.

"미, 미안해. 나는 그냥……."

"정말이야. 저 사람들이 도요새를 다 죽일 거야. 우리도 다 내쫓을 거라고. 엄마랑 아빠를 쫓아낸 사람들이야. 이젠 할머니랑 할아버지, 나, 마을 사람들까지……."

소녀가 울었다. 소리는 내지 않았지만, 굵은 눈물방울이 뺨을 타고 흘러내렸다.

이 상황에 적응이 되지 않았다. 나는 어떻게 해야 할지, 무슨 말을 해야 할지 몰라 머뭇거리기만 했다. 토닥이면서 달래줘야 하나? 아니면 "괜찮아! 다 잘될 거야." 뭐, 이런 말이라도 해야 하는 건가?

힐끗 보니 소녀의 뺨이 붉었다. 스러지는 저녁 햇살 때문은 아닌 듯했다. 나는 반짝이는 갯벌과 그 너머의 바다를 잠자코 바라보았다.

소녀의 흐느낌이 잦아들 때까지 기다렸다가 내가 입을 열었다.

"그러니까, 저 공사를 막아야만 도요새가 무사히 갯벌에 내려앉을 수 있다는 얘기지?"

소녀가 고개를 끄덕였다. 나는 다시 물었다.

"그렇지만 갯벌이 여기에만 있는 건 아니잖아. 만약 여기에 내려앉을 수 없다면 다른 갯벌을 찾아가겠지. 아무리 새 대가리라도……."

어휴! 이 와중에 새 대가리는 또 뭐야? 저렴한 녀석 같으니라고. 나는 제풀에 놀라 입술을 깨물었다.

"그렇지 않아. 특히 붉은어깨도요는 반드시 이곳에 내려앉아야 해."

"붉은어깨도요?"

"그래, 아까 봤잖아."

"아! 아까 이 주변을 떠돌던 그 새?"

소녀가 대답 대신 또 고개를 끄덕였다.

"붉은어깨도요는 지난해에 내려앉았던 곳을 다시 찾아와. 그게 그 녀석들의 습성이지. 실제로 다른 갯벌에서 도요새가 많이 죽었는데, 그중 상당수가 붉은어깨도요였대."

그러고 보니 과학 수행 평가 때문에 신문을 뒤적거리면서 비슷한 기사를 본 것도 같다. 소녀의 말이 조금씩 이해되기 시작했다.

"무슨 말인지는 알겠지만, 내가 무엇을 도와……. 설마, 저 공사를 하지 못하게 막아 달라는 거야?"

이번에도 소녀는 고개만 끄덕였다.

"지금 농담해? 무슨 수로 공사를 막아? 내가 무슨 트랜스포머에 나오는 오토봇이라도 되는 줄 알아?"

"오토, 뭐? 어쨌든 해야만 해!"

"뭐?"

나는 돌계단에 주저앉았다. 그리고 갯벌 쪽을 바라보았다. 해는 바다 쪽으로 더욱 기울었고, 안전제일이라는 글자가 쓰여 있는 건물과 갯벌 주위 곳곳에 불이 켜졌다. 아까보다 불빛의 수가 더 많아진 듯했다. 포클레인과 불도저는 여전히 분주하게 움직였고, 그 사이를 트럭 여러 대가 오가고 있었다.

그때 또 소리가 들렸다.

쿠쿵!

맞다. 그 소리는 공사장 쪽에서 들려오는 것이었다. 아니나 다를까, 소녀가 말했다.

"저 공사장에서 나는 소리야. 저 소리 때문에 이미 한 무리의 도요새가 이 갯벌을 포기하고 북쪽으로 날아갔어. 아마 다른 갯벌을 찾겠지. 이제 곧 붉은어깨도요가 날아올 텐데, 그

새들한테는 이 갯벌밖에 없어!"

"……."

대꾸하지 않았다.

곰곰 생각하니 조금 정리가 됐다. 소녀가 원하는 게 뭔지 알 것도 같았다.

"그동안은 나 혼자 했어. 공사장으로 몰래 숨어 들어가서 트럭 기름통에 모래를 넣고, 유리창을 깨거나 핸들을 부쉈어. 열쇠를 훔치기도 했지만, 모두 헛수고였어."

"아까도 말했지만 우리가 할 수 있는 일이 아니야."

분명히 말하는 게 좋겠다는 생각이 들었다. 그런데 '우리'라니? 옆구리 터진 김밥을 먹었더니 혀가 꼬였나?

"아니야. 넌 할 수 있어. 같이 하면 돼!"

"난 아무 힘이 없어. 난 어른이 아니란 말야. 겨우 중딩이라고. 알겠어?"

맞다. 나는 그럴 깜냥이 없는 아이였다. 도망이나 다니기 바쁜 '찌질이'라고!

"아니, 난 널 믿어."

"네가 나를 언제 봤다고?"

"프라이데이가 너를 데려왔잖아."

또 어느새 오드아이 고양이가 소녀 옆에 와 있었다. 녀석은 소녀의 발치에 얼굴을 비비며 "야옹" 하고 울었다.

맞다! 저놈 때문이다. 금요일의 저주를 몰고 다니는 오드아이 고양이. 그래서 내가 지금 여기에 와 있는 거다. 저놈 때문에 정체를 알 수 없는 소녀를 만났고, 도저히 말도 안 되는 이야기까지 듣고 있는 거다.

그런데 나는 왜 저놈을 형주에게 넘겨주지 않은 걸까. 차라리 놈에게 넘겨주었더라면, 지금쯤 반 아이들과 편안히 저녁을 먹고 있을 텐데…….

"난 프라이데이를 믿어!"

내가 오드아이 고양이를 노려보고 있을 때 소녀가 말했다. 나는 그 말을 듣고 더 화가 났다.

"도대체 왜 저걸 프라이데이라고 부르는 거야? 기분 나쁘게! 뭣 때문에 저따위 고양이를 믿는다는 거지? 그리고 너는 누구야?"

그러자 소녀가 웃었다. 처음에는 싱긋거리기만 하더니 나중에는 참을 수 없다는 듯 큰 소리로 킥킥거렸다. 뭐야, 울다가 웃으면 치명적인 부위에 털 나는 거 몰라?

"하하하!"

"지금 내 말이 우스워?"

"우스운 게 아니라 귀여워서. 겁먹고 있잖아. 어떡해야 좋을지 몰라서 가슴이 두근두근하니?"

"내, 내가?"

나는 마음을 들켜 버린 것 같아서 민망했다. 금세 두 뺨이 화끈 달아올랐다.

소녀는 대답하지 않고 나무 뒤쪽으로 가더니 또 나무를 타고 위로 올라갔다. 잠시 뒤, 나무 위에서 뭐가 툭 떨어졌다. 배낭이었다. 내 백팩보다 한 배 반쯤 컸다.

소녀는 나무를 내려와 배낭에서 간이 삽을 꺼냈다. 그러더니 오른쪽 구석, 내가 처음 이 나무를 보기 위해 넘어온 돌담 아래에 작은 구덩이를 팠다. 그런 다음 그 돌담을 넘어가 뭔가를 이쪽으로 휙 던졌다. 장작 꾸러미였다.

소녀는 구덩이 위에 장작을 세우고 모닥불을 피웠다. 그 옆으로는 동그랗게 돌을 쌓았다. 바람을 막으려는 것 같았다. 손놀림이 빠르고 자연스러웠다. 한두 번 해 본 솜씨가 아니었다.

"이쪽으로 와. 몇 시간은 여기에 있어야 해. 할아버지한테 들키면 곤란하거든. 열 시 넘으면 할머니도 주무실 테니까, 그때 우리 집으로 가자. 헛간에서 재워 줄게."

이렇게 말하고 소녀는 배낭에서 담요를 꺼내 나한테 건네주었다. 나는 담요를 뒤집어썼다. 몸이 따뜻해졌다.

소녀는 배낭에서 감자와 포일을 꺼냈다. 그리고 능숙한 솜씨로 감자를 포일에 싸서 모닥불 속에 넣었다. 정말 얘, 뭐지? 어째서 이런 걸 다 준비하고 있었던 걸까? 그것도 나무 위에! 배낭에는 또 뭐가 들어 있을까?

소녀는 불쏘시개로 모닥불을 추스른 다음 입을 열었다.

"내가 누구냐고? 내 이름은 채수린이고, 고등학교 일 학년이야. 학교를 자주 못 가서 탈이지만. 넌 중학생이지? 너는 이름이 뭐니?"

나보다 한 살 위였다니!

"나, 나는 루미, 이루미예요."

아, 모양 빠지게, 이 어설픈 존댓말은 또 뭐람?

"괜찮아. 그냥 편하게 말해. 그리고 아까 저 고양이를 왜 프라이데이라고 부르는지 물었지? 솔직히 그건 나도 잘 몰라. 아빠가 그러는데, 예전 주인이 그렇게 불렀대. 나중에 내가 우연히 알게 된 건……."

"저주받은 고양이!"

"맞아. 이슬람 사람들이 그렇게 불렀다는 이야기가 있어. 그치만 저 녀석은 그런 거 아니야. 하하! 그 말을 진짜로 믿는 건 아니겠지?"

"응, 난 안 믿어!"

나는 속마음을 들키지 않으려고 짐짓 또렷한 목소리로 대답했다.

"프라이데이가 처음 여기 왔을 때는 많이 아팠어. 정말 기력이 하나도 없었지. 아빠 말로는 오래 살지 못할 거라고 했어. 전 주인이 그렇게 말했대. 하지만 난 귀담아듣지 않았어. 고양이가 생겼다는 것만으로도 무지 기뻤거든. 나는 틈나는 대로 녀석을 이 나무 아래로 데려왔어. 녀석은 이 나무 위를 오르내리며 놀았지. 어떤 때는 저 꼭대기에 올라가 자기도 하고……. 그러더니 점점 기력을 되찾고 이젠 건강해졌어. 무슨 말인지 알겠니? 이 나무가 고양이를 살린 거야."

"……."

이해할 수도 없고 묻고 싶은 것도 많았지만, 나는 입을 꾹 다물었다. 한 가지를 묻기 시작하면 물어볼 게 줄줄이 생겨날 것 같아서였다. 이를테면 이 나무는 왜 이토록 푸른빛을 내는지, 내 눈에만 그렇게 보이는 건지, 누나는 어떻게 그렇게 나무를 잘 타는지…….

아니, 사실은 그보다 더 중요한 질문이 머릿속에 도사리고 있었다.

'이젠 정말 어떡하지?'

그래서 나는 그 질문의 해답을 찾을 때까지 다른 것은 궁금해하지 않기로 했다. 솔직히 그럴 필요도 없었다. 어차피 내일 아침에는 배를 탈 거니까. 무슨 수를 써서라도! 그러면 오늘 여기에서 방금 전까지 일어난 이 말도 안 되는 일들은 자연스럽게 잊힐 것이다. 그래야 한다. 다른 건 궁금해할 필요가 없다.

그리고 엄마한테는 "사실은 좀 문제가 있었어요. 친구랑 어찌어찌하다가 배를 잘못 탔지 뭐예요." 하고 용서를 구하면 된다.

나는 고개를 끄덕이며 일어났다.

"왜?"

"다리가 아파서요."

나는 괜히 모닥불 둘레를 맴돌았다. 그리고 다시 나무를 올려다보았다. 주위가 환했다. 단지 모닥불 때문은 아니었다. 나무의 초록빛 때문이었다. 그 묘한 빛이 주변을 은은하게 밝히고 있었다.

프라이데이의 비밀

누나, 미안! 난 돌아가야 해.

더는 쓸 말이 없었다. '무슨 일인지 모르지만, 잘되도록 기도할게.' 그런 말을 쓰려다가 낯이 간지러워 그만두었다. 예배 시간마다 꾸벅꾸벅 졸기 바쁜 내가 기도는 무슨 기도! '만나서 반가웠어. 잘 있어.' 이런 말도 생각했지만, 마음에도 없는 말을 억지로 하는 것 같아 쓰지 않았다. 나는 수첩에 적은 간단한 메모를 찢어서 문틈에 잘 보이도록 꽂았다. 그리고 재빨리 낮은 담을 넘었다.

빠르게 걸었다. 고샅길을 지나 안개가 자우룩한 해안 도로가 나오자 뛰기 시작했다. 커다란 트럭 한 대가 쌩하고 지나갔다. 깜짝 놀라 길섶으로 얼른 피했다. 그런 김에 뒤를 돌아보며 "누나, 미안해!"라고 낮은 소리로 중얼거렸다. 그러고는 다시 뛰었다.

곧 어제 보았던 이정표가 나왔다.

선착장 500m

뒤미처 공사장 조감도가 눈에 들어왔다. 비록 그림이긴 했지만, 안개에 잠겨 있는 조감도의 바다 위 펜션은 외국에나 있음 직한 아름다운 모습이었다.

휴대폰을 꺼냈다. 여전히 먹통이었다. 시간을 보니 오전 6시 30분. 늦지는 않았다. 됐다! 나쁘지 않아, 라고 생각했다. 나는 조금 더 빨리 달렸다.

오래 지나지 않아 두터운 안개 속에 선착장 간판이 보였다. 나는 대합실 위치를 확인하고 사방을 둘러보았다. 형주 패거리는 보이지 않았다. 다행이다 싶었지만, 그래도 조심하면서 창문으로 대합실 안을 슬쩍 엿보았다. 어쩌면 놈들은 어디서 자고 있을지도 모른다.

형주 패거리는 없었다. 어깨에 낚시 가방을 멘 아저씨 셋과 목에 수건을 두른 아줌마 하나가 건너편 나무 의자에 앉아 있었다. 왼쪽 의자에는 연인으로 보이는 남녀 한 쌍이 바싹 붙어서 팔짱을 끼고 있었다. 그리고 중년의 부부와 내 또래의 여자아이…….

나는 대합실 안으로 들어갔다. 매표소 앞으로 달려가 구멍 뚫린 유리창에 대고 말했다.

"강화도까지 얼마예요?"

"배가 제시간에 안 뜬디야!"

낯선 목소리가 등 뒤에서 날아왔다. 그러고 보니 매표소 안이 텅 비어 있었다. 나는 사투리 같기도 하고 아닌 것 같기도 한 목소리의 주인공을 향해 몸을 돌렸다.

"그럼 언제 떠요?"

"그야 나두 몰르지. 강화도서 배가 들어와야 오나 부다 허는 거지."

웬 아줌마가 뽀글뽀글한 파마머리를 박박 긁으며 대답했다.

나는 대합실 한가운데에서 서성거리다가 다시 파마머리 아줌마 쪽으로 다가갔다.

"그럼 기다려야 돼요?"

"안 그럼 우짤 거여?"

원래 그런 건지, 내가 뭘 잘못하기라도 한 건지, 말투가 몹시 퉁명스러웠다. 나는 그 아줌마에게서 조금 떨어졌다. 이리저리 두리번거리다 보니 매점이 눈에 띄었다. 입구에 산처럼 쌓아 놓은 컵라면이 제일 먼저 시선을 끌었다. 파블로프의 개처럼 나는 생각 없이 이끌려 갔다. 이런 와중에도 침이 넘어가다니!

주인아줌마가 졸고 있었다.

"컵라면 얼마예요?"

잠에서 깬 아줌마는 손부터 내밀었다. 주머니를 뒤져 천 원짜리를 꺼내 주었다. 아줌마는 컵라면 비닐을 벗긴 다음 전기 보온 물통에서 물을 부어 주었다. 나는 매점 앞 작은 탁자 앞에 앉았다.

6시 55분. 대합실 벽에 걸린 전자 시계의 빨간 숫자가 깜빡였다. 배는 정말로 오지 않을 모양이었다.

나는 컵라면 뚜껑을 벗기고 라면을 휘저었다. 물이 덜 뜨거웠는지 덩어리진 면발이 잘 풀리지 않았다. 그래도 벌건 국물을 보는 순간 허기가 몰려왔다. 부랴부랴 한 젓가락을 집어 올려 입에 넣었다.

그때, 졸고 있는 주인아줌마 옆으로 빨간색 전화기가 눈에 들어왔다. 나는 벌떡 일어났다.

"저, 아줌마. 집에 전화 한 통화만 하면 안 될까요? 휴대폰이 안 터져서요."

"그려? 그럼 짧게 허든가. 여긴 시골이라 잘 안 터져."

아줌마가 전화기 선을 끌어당겨 탁자 위에 올려 주었다. 나는 송수화기를 들었다. 하지만 선뜻 전화번호를 누르지 못했다. 엄마가 전화를 받으면 무슨 말부터 해야 할지 막막했다. 잠시 망설이는데, 문득 어제 아침 엄마가 안아 주며 했던 말이 또 떠올랐다. 나는 입속으로 말했다.

'미안해, 엄마. 나도 엄마 사랑해요!'

나는 전화기 번호판에 손을 댔다.

0. 번호 하나를 누르고 멈칫했다. 엄마, 여긴 강화도예요. 먼저 그 말부터 하자. 나는 어렵사리 마음을 다잡고 전화번호를 마저 눌렀다. 바로 신호음이 울렸다. 한 번, 두 번, 세 번……. 입안이 바짝 타들어 갔다.

그때였다. 대합실 바깥에서 귀에 익은 목소리가 들려왔다. 잘못 들었나 했는데 아니었다. 일어나 창문 밖을 내다보았다. 형주였다. 옆에 준호와 우진이도 있었다. 놈들은 뭐가 그렇게 좋은지 낄낄대며 이쪽으로 오고 있었다.

수화기 건너편에서 "여보세요." 하는 목소리가 났다. 그러나 나는 수화기를 내려놓았다. 몸을 낮추고 돌아보았다. 다른 문이 없었다. 결국 놈들을 향해 정면으로 뛰쳐나가야 한다는 뜻! 빨리 판단해야 했다. 우물거리다가는 꼼짝없이 대합실 안에서 붙잡힐 판이었다.

벌써 놈들이 대합실 안으로 들어서고 있었다.

나는 컵라면을 들고 뛰었다. 빠른 속도로 달려가면서 컵라면을 형주에게 던졌다.

"어어, 이게 뭐야? 으아앗!"

형주가 화들짝 놀라며 뒤로 자빠졌다. 나는 그 틈에 준호까지 밀치고 바깥으로 달려 나갔다.

"어? 이루미다!"

"잡아! 저 새끼 잡아!"

악쓰는 소리와 함께 놈들이 뒤따라왔다.

나는 해안 도로 쪽으로 뛰었다. 안개가 얼굴을 할퀴었다.

불안했다. 해안 도로의 좁은 길을 따라 뛰면서 나는 절, 망, 적, 이라는 것을 직감했다. 학교 주변 골목에서처럼 턴 볼트를 하여 뛰어내릴 축대도 없었고, 월 런으로 기어오를 만한 건물도 보이지 않았다. 콩 볼트로 타 넘을 낮은 담장이나 계단 난간조차! 놈들과 거리를 벌릴 수 있는 장애물이 하나도 없다는 뜻이었다. 더 난감한 건 자욱한 안개 때문에 어디에 뭐가 있는지, 방향을 결정할 수도 없다는 것이었다. 그저 한 치 앞의 길만 보고 달리는 수밖에 없었다.

"야! 이 새끼야! 너 죽는다!"

이번에는 준호 목소리였다. 예상했던 대로 준호가 맨 앞에서 쫓아오고 있었다.

얼마쯤 달렸을까, 먼발치에 사람 모습이 어른거렸다. 소녀, 아니, 수린이었다. 나는 금방 수린을 따라잡았다. 수린이 앞서 가는 내 팔을 끌어당겼다.

"헉헉! 왜 이래?"

"따라와!"

수린은 오른쪽으로 급히 방향을 틀었다. 바닷가 쪽, 가파른 내리막길이었다. 따라가긴 했지만, 나는 한 걸음 뗄 때마다 비틀거렸고, 서너 번이나 손을 짚어야 했다. 발을 헛디디는 바람에 몸이 휘청거리기도 했다. 겨우 중심을 잡았지만 크고 작은 돌무더기가 무너져 내릴 때는 간이 콩알만 해졌다. 그나마 다행인 건 형주 패거리와 거리가 조금 벌어졌다는 것.

"야, 이루미! 거기 안 서!"

놈들도 바위 비탈로 내려서고 있었다. 나는 무조건 달려야만 하는 거였다.

그런데 아뿔싸! 눈앞에 통나무로 만든 외나무다리가 길게 이어져 있었다.

"미끄러지지 않게 조심해!"

수린이 주의를 주었다.

오래됐는지 한 발을 올리자마자 금세 삐걱거리는 소리가 났다.

외나무다리 아래는 갯벌이었다. 바닷물이 발아래에서 찰랑거렸다. 다리 건너편에는 양식장이 있었다. 그 양식장까지 오가기 위해 대충 만들어 놓은 다리 같았다.

수린은 익숙하고 가벼운 걸음으로 외나무다리를 건너갔다. 나는 할래발딱거리면서 잰걸음을 놀렸다.

"서둘러!"

수린이 소리를 질렀다. 하지만 그게 말처럼 쉽지가 않았다. 미끄러질까 봐 아래를 내려다보느라고 내 걸음은 더디기만 했다. 외나무다리 끝에 왔을 때는 다리가 후들거렸다.

"이제 저쪽으로 뛰어!"

수린이 내 어깨를 치며 다시 해안 도로 쪽을 가리켰다. 그리고 두세 걸음 앞서 뛰었다. 나는 뒤돌아보지 않고 달렸다.

"야, 이루미! 거기 안 설래!"

형주 목소리가 들리기에 돌아보니, 어느새 놈들이 외나무다리 위에 올라서 있었다. 나는 다시 걸음을 재촉했다.

그런데 열 걸음도 못 가서 비명 소리가 뒷목을 붙잡았다.

"우어어어억!"

뒤를 돌아보니 형주가 외나무다리에서 떨어져 갯벌에 처박혀 있었다. 오오! 하늘이 도왔구나! 하느님, 고맙습니다. 이제야 제게 자비를 베푸시는군요.

나는 걸음을 빨리하는데, 무슨 까닭인지 수린이 멈추어 있었다.

"누나, 왜? 빨리 안 올라가고 뭐 해?"

수린은 갯벌에 빠진 형주를 보고 있었다. 그러더니 가던 길을 되돌아왔다.

"뭐 하는 거야?"

"쟤 저러다 죽어! 지금 물이 빠른 속도로 들어오고 있는데, 하필이면 꽤 깊은 갯골에 빠졌어."

"갯골?"

"갯벌에 있는 물구덩이 같은 거야. 늪보다 더 깊고 위험해."

수린은 외나무다리 쪽으로 달려가면서 나에게 소리쳤다.

"루미야! 저쪽으로 올라가면 선착장이야. 얼른 올라가서 밧줄 같은 것 좀 구해 와."

"나, 재들한테 잡히면 죽어!"

내가 소리쳤다.

"그 전에 재, 진짜 죽어. 빨리 갔다 와! 어서! 아무거나! 빨리!"

아, 미친! 이거야말로 멘붕!

나는 수린이 가리킨 쪽의 나즈막한 비탈을 기어올라 갔다.

"형주야, 형주야!"

등 뒤에서 우진이와 준호 목소리가 들렸다. 돌아보니 둘이 외나무다리 위에서 갯벌 쪽을 내려다보며 소리치고 있었다.

수린이 그쪽으로 달려갔다. 어디에 쓰려는지 수린의 손에는 어느새 키만 한 각목이 들려 있었다.

나는 가까스로 바위 비탈을 다 올라갔다.

밧줄!

물론 없었다. 필요한 게 때맞추어 있을 리 없잖은가.

사방을 한참 두리번거렸다. 어느 집 담 너머로 빨랫줄이 겨우 눈에 띄었다. 나는 반쯤 열려 있는 대문을 살그머니 밀고 집 안으로 들어갔다. 조용했다. 빈집은 아닌 것 같은데, 사람의 기척이 느껴지지 않았다. 나는 얼른 대추나무 허리에 묶여 있는 매듭을 풀고 반대편으로 가서 은행나무에 묶여 있는 매듭도 마저 풀었다. 다행히 빨랫줄은 그 아래까지 치렁치렁 늘어져 있을 만큼 꽤 길었다. 나는 그것을 들고 재빨리 바깥으로 나왔다.

그리고 아까 힘겹게 올라온 바위 비탈을 이번에는 조심조심 내려갔다. 심장이 벌렁벌렁했다. 내가 발을 잘못 디딜 때마다 크고 작은 돌들이 우르르 흩어졌다.

간신히 아래까지 내려왔을 때는 마침내 넘어져서 두어 번 구르고 말았다.

"내 말대로 해. 절대로 그냥은 걸어 나올 수 없어. 아니, 아니! 그렇게 길게 잡지 마. 옆으로! 팔을 옆으로 넓게 벌려서 양쪽 끝을 잡으란 말야. 그렇지! 그런 다음 엎드린 채로 기면서 막대기를 잡아당겨 봐."

달려가면서 보니 형주는 벌써 가슴까지 갯벌 속으로 들어가 있었다. 우진이와 준호는 옆에서 안절부절못하고 있고, 수린은 형주에게 소리를 지르고 있었다.

"여기 빨랫줄……."

"기다려! 자, 어서 조금만 더! 이제 발이 조금 빠졌지? 그래도 아직은 일어서지 말고 막대기를 붙잡은 채로 기어! 서 있으면 더 깊이 빠질 거야. 납작 엎드려야 몸무게가 분산돼. 그래, 그렇게!"

수린은 계속 형주에게 소리쳤다. 형주는 진흙으로 범벅이 된 채 갯벌을 박박 기고 있었다. 그리고 그 뒤로 물결이 찰랑거렸다.

"밧줄! 한 겹으로는 위험해. 두 겹으로 만들어. 비틀어서 한 가닥으로! 두껍게!"

나는 시키는 대로 했다. 그리고 그 끝을 수린에게 내밀었다. 그러자 수린이 우진에게 말했다.

"신발 벗어."

"어?"

"신발, 빨리!"

우진이가 허둥지둥 신발을 벗었다. 수린은 빨랫줄 양쪽 끝에 신발을 하나씩 묶었다. 그런 다음, 한쪽 먼저 형주에게 던졌다. 신발은 다행히 형주 가까이에 떨어졌다. 형주가 조금 더 기어서 신발을 붙잡았다.

"잘했어. 빨랫줄을 나무 한쪽에 묶어. 그리고 하나 더 던질 테니까 그건 반대쪽에 묶어. 알았지?"

소리를 지른 뒤 수린은 빨랫줄 가운데를 붙잡고 나머지 한쪽 끝을 형주에게 던졌다. 형주는 수린이 시킨 대로 나무의 다른 쪽에 신발을 마저 묶었다.

"됐어. 이제 천천히 끌어당겨."

수린이 나와 우진이, 준호를 번갈아 보며 말했다.

우리는 외나무다리 위에 한 줄로 나란히 서서 빨랫줄을 붙잡고 힘을 주었다. 형주는 조금씩 갯벌에서 미끄러져 나왔다.

"조금만 더!"

수린이 말했다. 조금 더 힘을 냈다. 이윽고 형주가 갯골에서 쑥 빠져나오는 게 보였다.

"아직 일어서지 마. 너희는 계속 줄을 당겨!"

수린이 내 쪽으로 돌아보며 말했다. 시키는 대로 했다.

얼마 뒤, 형주가 일어섰다. 그래도 무릎이 빠졌지만, 걸을 수는 있었다.

그때 수린이 내 손을 붙잡았다. 그러고는 말했다.

"가자!"

맞다! 쫓기고 있었지. 나는 잽싸게 몸을 돌려 뛰었다. 외나무다리가 휘청거렸다.

"너 쫓기고 있구나! 근데 쟤들은 누구야?"

외나무다리를 다 건넜을 때 수린이 물었다.

대답 대신 나는 뒤를 돌아보았다. 우진이와 준호는 아직 외나무다리 위에 있었고, 형주는 갯벌에서 휘청대며 걸어 나오는 중이었다.

"이제 괜찮을 거야."

수린이 말했다.

나는 앞서 가는 수린을 말없이 따랐다. 수린은 아까 내가 내려온 바위 비탈을 올라갔다.

"누나, 여기 다른 선착장 없어? 강화도로 나갈 수 있는 다른 방법 없냐고."

숨을 고른 뒤에 내가 말했다.

수린은 나를 똑바로 쳐다볼 뿐, 아무 말도 하지 않았다.

"부탁이야. 나 좀 여기서 나가게 해 줘. 엄마가 걱정한단 말야. 지금쯤 경찰에 신고하고 난리 났을 거야."

나는 끈질기게 매달렸다.

"정말 갈 거니?"

대수롭지 않다는 듯 차분한 목소리였다. 그러나 수린의 눈빛이 흐려진 걸 나는 보았다. 뛰느라 붉어진 얼굴 때문에 그렇게 보였는지도 모른다.

"제발……."

여차하면 나는 눈물이라도 찍어 낼 판국이었다. 아니, 정말 가슴이 울컥했다.

"알았어. 하지만 지금은 안 돼."

"왜?"

"안개가 이렇게 자욱할 때는 강화에서도 배가 오지 않아. 여기서도 배를 띄울 수 없고. 조금만 기다려."

"언제까지?"

"일단 안개가 걷혀야지. 아무튼 방법이 있어. 네가 정 원한다면!"

"정말?"

"응. 근데……."

아니, 더 말하지 마. 낮고 차분한 말투, 아쉬워하는 듯한 눈빛. 그것만으로도 수린이 무엇을 말하고 싶은지 알 수 있으니까. 도와줘! 또 이렇게 말할 거였다. 나는 내 예상이 빗나가기를 빌었다.

"……근데 저 애들이 왜 너를 쫓고 있지?"

내 바람은 이루어졌지만, 이 질문도 한 번에 답하기가 쉽지 않았다. "쟤들이 누나 고양이를 붙잡아서 팔려고 했어. 그런데 내가 빼돌렸지. 내가 구한 거라고!" 뭐, 이럴 수도 없는 노릇이었으니까.

"나쁜 짓 한 거 아니야. 그냥 좀……."

말은 하면서도 도둑이 제 발 저린 이 느낌은 뭘까.

"말하기 곤란하다는 뜻으로 알아들을게. 가자."

"어딜?"

"배고프지 않니?"

"먹을 거 있어."

나는 백팩을 툭 쳤다.

"그래도 어차피 당장은 배 못 타."

수린이 앞서 걸었다. 몇 발짝 간격을 두고 나는 그 뒤를 따랐다.

수린이 나를 데리고 두 시간 만에 도착한 곳은 자그마한 선착장이었다. 그즈음, 햇살이 안개를 빠르게 걷어 내고 있었다. 동쪽 하늘 위에 태양의 하얀 실루엣이 동그랗게 떠 있었다.

선착장 가까이 갔을 때 내 눈에 가장 먼저 띈 것은 프라이데이였다. 녀석은 선착장 아래로 내려가는 비탈길 한쪽에 앉아서 나른하게 하품을 하고 있었다. 그러고는 가까이 다가선 수린을 향해 휙 뛰어올랐다.

수린은 프라이데이를 품에 안고 선착장 아래쪽으로 내려갔다. 그 끝에는 고깃배 세 척이 매여 있었다. 수린은 그중 한 척으로 다가갔다.

그런데 배 위에서 그물을 손질하고 있는 아저씨는 뜻밖에도 외포리 선착장에서 본 바로 그 아저씨였다. 프라이데이에게 생선을 던져 주었던! 이것도 우연이라고 해야 하나? 그렇다면 어제 아저씨는 프라이데이가 수린의 고양이라는 걸 알고 있었다는 건데, 그럼에도 가져가 볼 테면 가져가라는 듯했던 이유가 뭘까?

수린과 아저씨는 이야기를 한참 주고받았다. 그러고는 수린이 나를 가리켰고, 또 서로 고개를 끄덕이면서 몇 마디 나누었다. 그런 뒤에야 수린은 내게 걸어왔다.

"아빠 친구분이야. 너를 외포리 선착장까지 태워다 주실 거야."

"고, 고마워."

말하고 나자 입안에서 모래가 씹히는 기분이 들었다. 막상 가려니, 이 찜찜한 느낌은 뭐지? 게다가 왜 이렇게 미안한 마음이 드는 걸까?

수린은 담담한 표정으로 나를 바라보고 있었다. 그런 수린에게 속으로 말했다.

'미안해, 누나. 내가 어떻게 여기까지 왔는지 모르지만, 누

나가 찾는 그런 사람도 아니고……. 난 도와줄 수가 없어.'

나는 배에 올라탔다.

아저씨가 선착장에 묶어 둔 밧줄을 풀고 배 앞쪽으로 가서 시동을 걸었다. 그런데 그때, 수린의 품에 안겨 있던 프라이데이가 훌쩍 뛰어내려 나를 향해 달려왔다.

"프라이데이!"

수린이 소리쳤다. 그러나 녀석은 아랑곳하지 않고 배 위로 올라왔다. 작별 인사라도 할 모양인가?

아니었다. 녀석은 다짜고짜 내게 달려들었다.

"으아아! 뭐, 뭐야!"

프라이데이가 나를 할퀴며 덤볐다. 그것도 하필이면 내 목을 노렸다. 계속 밀쳐 냈지만, 녀석은 끈질기게 내 품을 파고들었다. 그러더니 가슴을 헤치고 펜던트 줄을 끊었다.

"야, 이러지 마!"

다급하게 소리를 질렀다. 내 펜던트가 어느새 프라이데이의 입에 물려 있었다.

"안 돼! 이리 내! 그건 아빠가 준 거란 말야."

나는 프라이데이의 목덜미를 붙잡고 펜던트를 빼냈다. 그 순간, 나는 녀석의 목에 걸려 있는 펜던트를 보았다. 내 것과 같은 모양의 펜던트. 다만, 내 것보다 조금 더 크고 구리로 만든 펜던트. 아빠가 분양한 고양이에게 걸어 주었던 바로 그 펜던트였다.

"이, 이거……. 이걸 왜 네가 하고 있는 거니?"

프라이데이가 "야옹" 하고 울었다. 그러고는 돌아서더니 배에서 가볍게 뛰어내렸다. 무슨 말이라도 할 듯, 녀석은 몸을 돌려 나를 보았다. 초록빛 눈이 반짝 빛났다.

배의 엔진 소리가 커졌다. 선착장에서는 수린이 손을 흔들고 있었다.

"자, 간다. 난간 꽉 잡거라."

아저씨가 말했다.

이윽고 배가 움직이기 시작했다. 뱃머리가 천천히 돌아가고 있었다.

"잠깐만요!"

나는 큰 소리로 외치고 벌떡 일어났다. 이대로 돌아가면 안 될 것 같았다. 나는 배 끝머리를 딛고 선착장 쪽으로 힘껏 뛰었다. 내 몸이 가볍게 허공을 날았다.

배에서 내리자마자 수린에게 물었다.

"저 펜던트, 어떻게 된 거지? 프라이데이가 하고 있는 펜던트 말이야!"

"그거, 원래부터 녀석이 하고 있었던 거야. 프라이데이가 처음 여기에 왔을 때 부터……."

수린은 내가 다시 돌아올 것을 알고 있던 것처럼 평온하게 답했다.

"그런데?"

"녀석이 가끔 섬 밖으로 나가기도 하니까, 혹시라도 줄이 낡아서 잃어버릴까 봐 여기 주소만 인식표에 적어 보낸 거야. 다른 이유는 없어."

수린은 별일 아닌 것처럼 말했다. 하지만 나로서는 얼른 이해가 되지 않았다.

"정말 그뿐이야?

내 질문에 수린은 고개를 끄덕였다. '그게 뭐 이상해?'라는 표정이었다. 그러다 문득 남의 일처럼 말했다.

"아빠가 그랬어. 혹시 나한테 무슨 일이 생기면 프라이데이가 도와줄 거라고. ……그렇게 믿고 있었는데 보름 만에 돌아온 거야. 그리고 네가 왔고! 그런데 왜?"

"프라이데이가 걸고 있는 펜던트, 우리 아빠가 만든 거야."

"너 맞구나. 나를 도와줄 사람이……!"

놀랄 법도 한데, 수린은 그 말을 하면서 웃기만 했다.

"아직도 그렇게 생각해?"

"네가 우연히 여기까지 온 건 아닐 거야."

"……!"

더는 할 말이 없었다. 알 수 없는 생각들이 머릿속에 가득했다. 아빠가 만든 펜던트라니!

별수 없었다. 아빠에게 묻는 수밖에! 나는 은빛으로 눈부시게 반짝이는 바다 쪽을 바라보며 말했다.

"아빠가 프라이데이를 보낸 거예요?"

그런데 무슨 의미일까? 은빛 바다 저편 하늘에 그려진 아빠 얼굴에는 잔잔한 미소만 감돌았다.

문득 주변을 둘러보니, 내가 탔던 배는 안개 속으로 사라지고 없었다. 그 자리에는 프라이데이가 나처럼 빈 하늘을 쳐다보고 있을 뿐이었다.

생명의 나무

바다는 여전히 은빛이었다. 동쪽 하늘에 햇무리가 보였지만, 안개 때문에 햇살이 기운을 펴지 못하고 있었다.

수린은 갯벌을 끼고 걷다가 언덕진 산길로 방향을 틀었다. 나무가 빼곡해서 주위가 어둑어둑했다. 축축한 풀들이 발목을 휘감았다.

'틀림없이 프라이데이 녀석이 나를 여기로 데려온 거야.'라는 생각이 분명해졌다. 그러자 무모하리만큼 당돌하게 도와달라던 수린의 목소리가 되살아나고,

"넌 할 수 있어. 같이 하면 돼!"

하며 주먹을 꼭 쥐던 표정도 떠올랐다. 그리고 눈물까지, 모두 이해가 되었다. 수린으로서는 당연한 일이었을 거다. 하필이면 그게 '나'라는 게 문제였지만.

경사는 곧 완만해졌지만 숨이 찼다. 그래도 수린은 멈출 기색이 없었다.

얼마쯤 더 가자 언덕 꼭대기가 보였다. 어두웠던 주변이 차츰 밝아졌다. 그리고 언덕 꼭대기에서 피어오르는 푸른빛이 보였다. 멈칫했다.

언덕을 넘어서자 과연 그 당산나무가 보였다. 다시 그 자리였다. 몇 번이나 벗어나려 했지만, 계속 원점으로 돌아오는 것이다. 세상에!

나는 한동안 넋을 놓고 그 자리에 서 있었다. 수린은 나무 아래로 갔다. 그러자 새 한 마리가 나무 위에서 날아와 수린의 오른쪽 어깨에 앉았다. 수린이 어깨를 털고 손을 뻗자 새는 손가락 끝으로 옮겨 갔다. 잠시 뒤에는 왼쪽 어깨로, 다시 손가락 끝으로……. 수린과 새는 한참 그러고 놀았다. 익숙한 모습이었다.

나도 그랬다. 골목길을 걷다 보면 길고양이 한두 마리가 쪼르르 달려와 앞을 막았다. 쓰다듬어 주면 발랑 드러누워 내 손을 톡톡 건드리며 장난을 쳤다. 내가 뛰면 녀석들도 뛰어 쫓아왔다. 그리고 앉아서 팔을 벌리면 영락없이 달려와 내 무릎이며 손에 얼굴을 비벼 대곤 했다.

아, 그러고 보니 수린과 나는 엉뚱한 데서 닮아 있었구나. 그런 생각에 나는 피식 웃음을 터뜨렸다. 그 소리를 들었는지 수린이 돌아보았다.

나는 웃음기를 거두고 물었다.

"그런데 누나는 왜 그렇게 새한테 집착하는 거야?"

"엄마를 기다려!"

"엄마라니?"

스스럼없이 말하는 게 놀라워 되물었다.

"우리 엄마는 태국 사람이야. 여기서 살다가 쫓겨났어. 내가 초등학교 다닐 때……. 불법 체류자였대."

"그럼 혹시 엄마가 새를 통해서 소식을 전해 온다, 뭐 그런 거야?"

묻고 나서도 스스로가 좀 어이없었다. 그렇다면 완전히 동화 같은 일이다. 그런데 수린은 고개를 끄덕였다.

"말도 안 돼!"

"사실이야. 엄마 고향은 태국의 아주 깊은 산골이랬어."

"그래도 전화 같은 건 있을 거 아니야. 요즘 시대가 어느 땐데!"

"엄마가 떠난 그해까지는 전화도 했어. 두세 달에 한 번씩이지만. 그런데 그 이듬해부터 전화가 되지 않았어."

"왜?"

"그건 나도 몰라. 다만 엄마 말이 기억나. 혹시 엄마하고 연락이 안 돼도 슬퍼하지 말라고 했거든. 그리고 도요새에게 소식을 전한다고 했어."

"새한테 무슨 소식을?"

“엄마는 새를 아주 잘 다뤘거든. 말도 주고받았고. 나도 엄마한테 배운 거야.”

“그래서?”

“엄마가 살던 마을에 있는 도요새가 이리로 날아온댔어. 붉은어깨도요 말야.”

“흠, 그럼 누나 엄마가 새 다리에 가락지라도 묶어서 소식을 보내오겠네?”

빈정거린 것 같아 미안했다. 하지만 이미 내뱉은 말을 주워 담을 수는 없었다. 그런데 뜻밖에도 수린은 고개를 끄덕였다.

“헐~!”

“뭐? 헐이라니, 그게 무슨 말이야?”

“아무것도 아냐. 그런데 누나, 그건 밴딩이라고 하는 거야. 철새가 이동하는 경로를 파악하려고 조류 학자들이 다리에 묶는 거. 몰라?”

이것이 한때 상위권이었던 자의 포스. 아니, 솔직히 그보다는 생물학자를 꿈꾸던 아빠를 따라다니며 주워들은 서당 개? 그래도 딱 필요할 때 생각나 주다니. 나, 아직 안 죽었구나!

수린은 말없이 씩 웃었다.

“정말이야! 무슨 중세 시대 비둘기도 아니고…….”

“난 엄마를 믿어.”

어휴! 뭘 이렇게 다 믿는다는 건지.

잠시 나는 할 말을 잃고 수린을 바라보기만 했다. 그러자 수린은 오히려 내가 가소롭다는 듯 웃으며 말을 이었다.
"너 시치미 알아?"
"시치미 떼지 마, 할 때 그 시치미?"
"그래. 옛날에 매를 기르던 사람들이 자기가 주인이란 걸 표시하려고 매의 꽁지에 묶었다는 표식 말야. 그걸 시치미라고 해."
"그런데 그게 뭐?"
"밴딩은 못하겠지만……. 이걸 봐."
수린은 오른손으로 왼쪽 손목을 가리켰다. 손목에는 여러 가지 색실을 꼬아서 만든 끈이 묶여 있었다. 처음 만났을 때 본 그 끈이었다.
"그건 왜? 설마……?"
"그래. 엄마의 도요새에는 이 끈이 묶여 있을 거야. 엄마가 그런다고 했으니까."
"……."
"이건 그냥 실이 아니야. 보리수나무로 만든 거랬어. 염색도 엄마가 직접 했고. 엄마가 살던 마을의 부족들은 옛날에 이런 끈을 만들어서, 전쟁터로 가거나 며칠씩 사냥 떠나는 남자 형제들의 창과 활 끝에 묶어 줬대. 심부름하는 새의 다리에 묶어서 소식을 전하기도 했고. 잘 봐! 이것처럼 초록색 실이 왼쪽에서 오른쪽으로 꼬여 있으면 가족들이 모두 무사하다는 뜻이고, 붉은색 실이 다른 실보다 두꺼우면 누가 다쳤으니 빨리 돌아오라는 뜻이었대."

"……."

"그리고 전쟁터에 나간 남자 형제가 검은색 실을 가운데에 묶고 돌아오면 전사자가 있다는 뜻이고……."

제법 그럴듯하게 들렸다. 그 말을 하는 내내 수린의 얼굴에는 미소가 가득했다.

"그래서? 왔어?"

"작년에는 안 왔어. 올해는 올 거야. 아빠도 믿는댔어."

죄다 믿는단다. 어쨌거나 다시 물었다.

"그런데 고양이가 어떻게 아빠를 다시 찾았지? 어떻게 나를 찾아온 거냐고."

개가 몇백 킬로미터 밖에서 옛 주인을 찾아왔다는 이야기는 가끔 들었어도, 고양이가 그랬다는 말은 들어 본 적이 없었다.

"그건 아마 이 작은 생명의 나무 때문일 거야."

"나무라니? 이 당산나무?"

"응. 나는 작은 생명의 나무라고 불러."

"생명의 나무?"

"저 북쪽으로 가고 또 가면 아주 거대한 나무가 있대. 이 나무보다 백배, 아니, 천배 만 배는 더 크댔어! 그 나무를 생명의 나무라고 한다지? 모든 생명이 그 나무에서 시작되었다는 거야. 우리 주변의 모든 생명을 그 나무가 잉태한 거야. 그 나무는 생명들이 가는 곳이면 어디든 씨앗을 퍼뜨려서 자기와 닮은 어린 생명의 나무를 자라게 했어. 그리고 주위의 생명들을 돌보게 한 거야. 그 생명의 씨앗이 여기까지 날아온 거고, 여기서 이 나무가 자랐지."

"동서남북과 하늘로 큰 가지가 뻗어 있고, 신들도 그곳에 산다는……."

"맞아. 모든 생명체가 그 나무의 보호를 받으며 살았다고 했어. 그 나무는 많은 짐승들의 보금자리가 되어 주었고, 신들도 거기서 쉬곤 했대. 그런데 너도 그 이야기를 아네?"

"아니, 나보다도 누나가 그걸 어떻게 알지?"

"아빠가 말해 줬어. 아빠는 프라이데이를 건네준 분……."

"우리 아빠?"

"그런가? 맞아! 그게 그렇게 되는 거였구나!"

"그래서?"

"그래서라니?"

"그게 오드아이 고양이랑 무슨 관련이 있다는 거지? 누나는 이 나무가 고양이에게 특별한 능력을 줬다고 생각하는 거야? 아빠의 그 이야기에서처럼 프레이야가?"

그 말을 하면서 나는 아빠의 목소리를 듣고 있었다. "신기하게도 오드아이 고양이는 다른 어떤 고양이들보다 길을 잘 찾아. 프레이야 여신이 그런 능력을 줬거든." 머릿속으로 들리는 그 목소리가 어찌나 생생한지 나는 흠칫 몸을 떨었다.

"아직도 모르겠니? 철새가 어떻게 그 먼 길을 길잡이 하나 없이 오갈 수 있는지 말이야."

잠자코 듣기만 했다.

"이 생명의 나무 덕분이야. 철새가 이동할 때가 되면 이 생명의 나무는 유독 푸르게 빛을 내. 아주 멀리서도 볼 수 있도록 말야. 새들은 이 작은 생명의 나무가 내는 푸른빛을 보고 길을 찾는 거지. 엄마가 그러는데, 새들 눈에는 이 나무의 푸른빛이 우리가 보는 것보다 훨씬 밝고 또렷하게 보인대! 우리한테는 그냥 나무에 불과하지만 새들한테는 반짝이는 등대와 같은 거야."

"등대? 그러니까 누나 말은, 이 생명의 나무가 그런 역할을 한다는 거야?"

그때, 수린이 손을 입에 가져다 댔다.

"쉿!"

나는 얼른 말을 멈추었다.

수린은 아직 은빛이 선연히 남아 있는 바다 쪽 어느 한곳에 시선을 고정했다. 나도 덩달아 그 은빛 바다와 하늘을 바라보았다.

처음에는 아무것도 보이지 않았다. 그런데 투명해진 은빛 하늘에서 까만 점 몇 개가 나타났다. 잠시 후 그 점들은 더 많아졌고, 꼬물꼬물하더니 조금씩 커졌다. 그리고 점점 가까워졌다.

새였다. 설마 했는데, 열댓 마리쯤 되는 새들이 이쪽으로 날아오고 있었다.

그 모습을 보고 수린이 양손을 높이 들어 소리를 냈다.

"츄르츠 츄츄츄! 추르르르릇!"

새들은 곧 수린의 머리 위를 한 바퀴 도는 듯하다가 당산나무, 아니, 작은 생명의 나무 속으로 빨려 들어갔다. 그러자 나무는 이파리를 파르르 떨며 몸부림을 쳤다. 더 환한 빛을 내면서.

그런데 갑자기 수린의 낯빛이 어두워졌다.

"누나……."

얼결에 입술을 떨었지만, 소리는 크지 않았다. 더구나 수린은 진작에 몸을 돌려 나무 쪽으로 내달리고 있었다. 눈 깜짝할 사이에 수린은 어제처럼 나무를 타고 올랐다. 그러자 나무는 더 요란하게 몸을 떨었고, 새들이 우짖는 소리가 들렸다.

이어서 새 몇 마리가 날아올라 몇 번 날갯짓을 하고는 갯벌 쪽으로 날아가 버렸다. 또 몇 마리는 나무 주위를 맴돌다가 갯벌 반대편으로 사라졌다.

그런 뒤에 수린이 나무 위에서 내려왔다. 등에는 배낭을 짊어지고 있었다. 도대체 저 위에 뭐가 있는 거지?

"가야겠어. 새들이 가까이 왔어."

"누나가 그걸 어떻게 알아?"

"새들의 목소리가 그렇게 들려. 너도 고양이 울음소리를 들을 수 있잖아."

"그, 그건……."

"오늘 밤이나 내일쯤 올 거야. 서둘러야겠어."

수린은 돌계단 아래로 내려갔다.

"그래서 어딜 가는 건데?"

나는 뒤따라가면서 물었다. 수린은 손으로 갯벌 쪽을 가리켰다.

안전 제일

이제 바다 저편으로 안개가 물러간 갯벌 앞에 그 글자가 동동 떠 있었다.

"저길 가서 뭘 할 건데?"

"도요새를 구해야지."

수린은 간단히 대답하고 바삐 걸었다.

"어떻게?"

수린은 대답하지 않았다.

한참을 말없이 걸었다.

곧 큰길로 나선 수린은 아침에 봤던 커다란 광고판 앞에서 멈추었다. 아침에는 모르고 지나쳤는데, 그 광고판 뒤로 길이 나 있었다. 길 옆에는 '공사장 출입구'라고 쓴 흰색 간판이 세워져 있었다. 흙을 잔뜩 실은 트럭들이 가끔씩 그쪽에서 나왔고, 빈 트럭과 승용차 한두 대가 그 길 안쪽으로 들어갔다.

뿌연 먼지를 마시며 수린은 묵묵히 걸어갔다. 나는 그 뒤를 따랐다.

탈출

"어차피 오늘은 주말이라 밤에는 공사를 하지 않을 거야."

공사장 정문을 피해 철망이 쳐진 담을 돌아서 쪽문으로 숨어 들어온 뒤에야 수린은 입을 열었다. 해는 벌써 서편으로 기울어 있었다.

"그러면 새가 밤에 내려앉을 수 있겠네. 밤에는 조용할 거 아냐."

"아니, 밤에는 빛이 문제야."

"빛?"

"밤이 되면 공사장 주변에 불을 환하게 켤 거야. 갯벌을 따라 공사장 전체에 말야. 어제 봤잖아?"

"그게 왜?"

"도요새는 소리에도 민감하지만, 빛에도 민감해. 빛 때문에 여기를 그냥 지나칠 수도 있어."

"……?"

"새들은 이동할 때 날아가야 할 방향을 여러 가지 방법으로 찾지만, 가장 중요한 건 두 가지야."

"그게 뭔데?"

"자기들의 기억과 작은 생명의 나무."

"……."

"캄캄한 밤에 불을 환하게 켜 놓으면, 생명의 나무가 내는 초록빛을 보지 못할 거야. 특히 멀리서부터 보이는 이 공사장 불빛 때문에 기억에 혼란이 올 테고, 그럼 아예 멀리 바다 쪽으로 돌아서 북으로 가겠지. 갯벌도 없는……."

그럴 수도 있겠다는 생각이 들었다.

"그래서 어떻게 할 건데? 불이라도 끄자고? 그래서 도요새가 밤에 이곳에 내려앉게 한다?"

"응."

"그치만 아무리 빛이 새들을 방해한다고는 해도……."

"맞아. 뭐가 또 있을지 몰라."

"뭐가?"

"그건 나도 모르지. 새들이 접근하지 못하게 하는 뭔가가 또 있는지 말야."

"……."

"어쨌든 빛이라도 차단해야 해."

뭐가 이렇게 복잡할까? 자꾸만 얼뜨기가 되어 가는 기분이었다.

"어쨌든 따라와!"

나름대로 계획을 세워 놓은 듯 수린이 내 손목을 잡아당겼다. 그러고는 몸을 낮추어 흰색 건물을 반 바퀴 돌았다. 수린은 모퉁이 하나를 더 돌아 멈추었다.

"이리로 들어가야 해. 할 수 있지?"

수린이 창문을 가리켰다. 조금 높았지만, 어렵지는 않을 것 같았다.

"여기가 어딘데?"

"식당이야. 주말이라 식당에는 사람이 없어. 어차피 문으로는 들어갈 수 없거든. 경보장치도 있어서 금방 들킬 거란 말야."

"알았어. 그런 다음엔?"

"삼 층!"

수린이 손가락으로 위를 가리켰다.

"거기에 뭐가 있는데?"

"통제실. 지난번에 붙잡혀 왔을 때 봤어. 빨간 줄이 죽죽 그어져 있었어. 관계자 외 출입 금지라는 팻말까지 붙어 있던 걸 보면, 뭔지는 몰라도 아마 중요한 게 그 안에 있을 거야."

그 말에 기운이 쭉 빠졌다. 무슨 영화도 아니고. 그럼 통제실을 습격(!)해서 "꼼짝 마! 손 들어!" 뭐, 이런 거라도 해야 되는 건가? 이럴 줄 알았으면 초등학생 때 가지고 놀던 비비탄 총이라도 가져오는 건데!

일단 나는 창문을 타 넘었다. 수린이 곧 따라오더니 나보다 앞서 식탁들 사이로 걸어갔다. 그리고 문을 조금 열어 좌우를 살펴보고 밖으로 나갔다. 나는 뒤꿈치를 들고 뒤를 따랐다. 오른쪽에 계단이 보였다. 수린은 그 계단을 향해 뛰었다. 나도 뛰었다.

하지만 수린도 나도 곧 멈추어야 했다. 계단에서 회색 옷을 입은 아저씨 둘이 내려오고 있었다. 피할 틈이 없었다.

삽질도 이런 삽질이 없을 거다. 수린의 계획은 그야말로 빛의 속도로 실패하고 말았다.

수린은 자기 손목을 붙잡은 키다리 아저씨에게서 벗어나려고 여러 번 몸부림쳤지만 소용없었다. 나를 붙잡은 대머리 아저씨는 덩치가 크고 힘도 세어서 꼼짝할 수조차 없었다. 워낙 순식간에 벌어진 일이라 그저 어리둥절할 따름이었다. 나 자신이 너무나 초라하게 느껴졌다.

수린과 내가 붙잡혀 끌려간 방은 꽤 넓었다. 기다란 탁자를 가운데 두고 양쪽에 의자가 아홉 개씩 놓여 있었다. 그리고 양쪽 벽에는 캐비닛과 장식장이 늘어서 있었다.

그때까지만 해도 나는 뭐가 잘못되어 간다는 생각보다는 낯설다는 느낌만 받았을 뿐이다.

그러나 꼼짝없이 갇, 혔, 다, 는 생각이 들자 텅 비었던 머릿속이 한순간에 담임, 엄마, 퇴학, 이런 단어들로 소용돌이치기 시작했다. '아, 내가 무슨 짓을 한 거지? 아아, 지금 이 섬 바깥에서는 무슨 일이 벌어지고 있을까? 엄마는 강화도에 와 있을까? 담임은?' 눈앞이 캄캄해졌다.

그런데 수린은 지금 뭐 하는 거지? 한쪽에 놓인 장식장을 쳐다보며 수린은 주먹을 꼭 쥐고 있었다. 이상한 생각이 들어 나도 그 시선을 따라가 보았다.

장식장 선반 위에는 새 박제가 죽 늘어서 있었다. 박제는 열댓 개쯤 됐는데, 그중에는 작은 생명의 나무 아래에서 본 새도 있었다. 순간 나는 가슴이 철렁 내려앉았다. 한구석에 있는 작은 새의 박제가 유독 눈에 띄었다. 붉은어깨도요였다. 게다가 그 새의 발에는 끈이 묶여 있었다. 수린의 손목에 있는 끈과 흡사한. 그래서였을까? 이유를 알 수 없는 서늘한 기운이 목덜미를 휘감았다.

바로 그때 수린이 벌떡 일어났다. 얼결에 나도 옆에 섰다. 그리고 그 순간 문이 벌컥 열리면서 톤이 높은 목소리가 날아왔다.

"또 수린이가 왔다고? 오늘은 뭘 고장 냈어?"

목소리와는 전혀 어울리지 않는 뚱뚱한 남자가 들어섰다. 얼굴이 너벳벳한 데다가 불그죽죽했다. 가만 보니 여드름 같은 것이 잔뜩 나서 그런 듯했다. 생김새는 아무리 봐도 〈배트 맨〉에 나오는 조커였다. 다만 눈매만큼은 날카로워 보였는데, 한쪽 눈이 찌긋해서 더 그런지도 몰랐다.

“밥은 먹었니?”

방금 들어온 아저씨는 먼저 수린에게 다가가 한쪽 어깨를 토닥이며 물었다. 꽤 친근한 말투였다. 하지만 수린은 대답하지 않았다.

“그런데 이 꼬마는 누구냐?”

나는 조커를 힐끗 올려다보았다. 씩 웃는 조커의 이가 누렜다. 나도 모르게 인상을 찌푸렸다.

“도요새를 구해 줄 거예요.”

“누가, 이 꼬마가? 이 동네 아이 같지는 않고……. 어디서 왔니? 강화도?”

“서울요.”

“뭐, 서울? 우리 수린이랑 친척이니?”

나는 고개를 저었다.

“그럼 뭐야? 혹시 남자 친구? 아이고, 이 녀석! 벌써부터 남자 친구를 사귀고 말이야.”

말투가 영락없는 이웃집 아저씨였다.

“남자 친구 아닌데요!”

나는 얼굴을 붉히며 말했다. 그러나 조커는 내 말 따위는 들은 척도 하지 않았다.

“그나저나 오늘은 아무것도 망가뜨린 게 없다며? 아쉬워서 어쩌지? 하하하."

조커가 빈정거렸다. 웃는 입 안쪽으로 반짝이는 금니가 세 개나 보였다.

"음, 혹시나 해서 묻는 건데, 아빠가 시킨 거지?"

"아니에요! 아빠는 강화도에 계시단 말예요."

나로서는 알 수 없는 이야기들이었지만, 수린과 조커가 한때는 친근한 사이였던 것만은 분명해 보였다. 더구나 수린의 아빠까지 알고 있는 걸 보면.

"어찌 됐든 이제 그만하자. 만약 네가 약속하면 네 할아버지도 안 부르고, 학교에도 연락 안 할 거야. 물론 경찰도 부르지 않을 거고."

"……."

"너 정말 아저씨가 화가 나서 경찰 부르면 어떻게 되는지 알아?"

경찰이라는 말에 내가 뜨끔했다. 아까보다 가슴이 더 뛰었다. 수린이 조커랑 무슨 약속이든 하고, 어서 여기를 벗어나면 좋겠다는 생각이 들었다.

하지만 그런 내 심정을 알 리 없는 수린은 고개를 들고 또박또박 말했다.

"도요새를 구할 거예요."

"뭐? 정말이야? 아저씨랑 계속 이렇게……."

그때였다. 문이 또 벌컥 열리면서 대머리 아저씨가 들어오고, 그 뒤에서 왁자한 소리가 들려왔다.

"아니에요. 난 도둑 아니란 말예요."

뜻밖에도 우진이였다.

"이놈이 어디서 거짓말이야. 이리 들어오라니까!"

"어라? 걔는 또 뭐야?"

조커가 물었다. 나도 묻고 싶은 말이었다.

"소장님, 이놈도 식당 주변에서 얼쩡거리기에 붙잡아 왔습니다."

"난 도둑 아니라는데 왜 이러세요?"

우진이가 징징거렸다.

"아니긴 뭐가 아니야?"

"도둑 아니라고요. 쟤랑 친구란 말예요."

우진이가 나를 가리켰다. 어이가 없었다. 언제부터 너랑 나랑 친구였니?

키다리 아저씨와 조커가 나를 바라보았다. 나는 뭐라 할 말이 없었다.

"그럼 너도 서울에서 왔냐?"

"네. 저는 아무 잘못도 없어요. 그냥 쟤 따라온 거라고요."

우진이가 또 나를 가리켰다. 게다가 불쌍한 표정까지 지었다. 어휴, 저 찌질한 새끼!

"알았어. 됐으니까, 조용히 해."

조커가 소리를 높였다. 그러더니 수린에게 말했다.

"네가 이번엔 뭔가 단단히 준비한 모양이구나? 친구들까지 잔뜩 데려오고!"

아무도 입을 열지 않았다. 나는 우진이가 여기 어떻게 왔는지 그것만 생각하고 있었다. 수린은 씩씩거리면서 아무 말도 하지 않았다.

그렇게 한참 시간이 흘렀다. 창밖에는 서서히 땅거미가 지고 있었다.

침묵을 깨고 조커가 입을 열었다.

"수린아, 잘 들어. 네가 분명히 알아 둬야 할 게 있어. 이건 어른들 일이야. 네가 무슨 짓을 해도 공사는 절대 멈추지 않아. 그래, 네 도요새가 죽겠지. 그렇지만 어떤 큰일을 할 때는 그만한 희생이 따르는 법이야."

"싫어요."

수린이 도리질을 해 댔다.

"싫어도 할 수 없어. 난 이제 경찰을 부를 거고, 너희는 경찰이 와서 데려갈 거야. 그리고 도요새는 오지 않아. 절대!"

"아니에요. 도요새는 올 거예요."

수린이 다시 한 번 소리쳤다.

"하하하, 도요새는 못 와. 왜 그런 줄 아니?"

"……."

"알려 줄까?"

조커는 키다리 아저씨를 가리키며 무슨 신호를 보냈다. 그러자 키다리 아저씨가 문에 달린 인터폰을 들어 무어라고 말했다.

그러고 나서 채 몇 분이 지나지 않았을 때였다.

쿵! 쿠쿵!

어제, 그리고 오늘도 듣던 소리였다. 작은 생명의 나무 아래에서 듣던 것보다 소리가 조금 더 컸다. 나와 수린은 깜짝 놀라 얼굴을 마주 보았다.

"놀랄 것 없어. 그냥 소리일 뿐이야."

"……."

"아직 이해가 안 되니? 새들이 아주 싫어하는 소리 가운데 하나지."

"이런 소리를 일부러 낸다고요? 새를 쫓으려고?"

"그래. 아마 사람들은 이게 공사장에서 나오는 소음이라고만 생각하겠지. 아, 그거 말고 또 있어."

조커는 또 키다리 아저씨에게 손짓을 했다.

그런데 이번에는 별다른 소리가 들리지 않았다. 혹시나 해서 수린을 쳐다봤더니, 잔뜩 인상만 쓰고 있었다.

귀를 쫑긋 세웠다.

크르르르, 추르르, ㄲ으으읏…….

그러자 낮고 작은 소리가 분명히 들렸다. 하지만 그게 무슨 소리인지는 알 수 없었다. 다만 썩 유쾌한 소리는 아니었다. 이따금 뒷머리가 쭈뼛쭈뼛 섰다. 나는 고개를 갸웃거렸다.

조커가 입을 열었다.

"수린이는 진작에 들었구나. 그리고 너도?"

"이 소리는……."

"맞아, 새가 싫어하는 소리지. 너희가 공부를 좀 했다면, 사람은 듣지 못하지만 동물들은 듣는 소리가 있다는 걸 알 거야. 간혹 청각이 예민한 사람은 동물들의 소리를 더 잘 들을 수 있다던데, 너희도 그렇겠지? 그래서 새랑 이야기도 나눌 수 있는 거고. 수린이 너 말이다."

아, 바로 이거였구나! 수린이 무언가 또 있을지 모른다고 했던 것.

"안 돼요! 절대 안 돼요!"

수린이 벌떡 일어나 문 쪽으로 달려갔다. 하지만 대머리 아저씨가 막았다. 수린이 발버둥쳤지만 소용없었다.

"그, 그건 나쁜 짓이에요. 불법이잖아요."

웬일로 우진이가 끼어들었다. 그런데 네놈이 그런 말 할 자격은 있는 거냐? 그동안 나한테 무슨 짓을 했는지 알기나 해?

"불법? 새를 쫓는 게 불법이라는 말은 없어. 새가 싫어하는 소리를 내거나 밤에 환하게 불을 켜서 새가 날아오지 못하게 한다고 법에 걸리지는 않는다는 뜻이지."

"……."

맞구나. 수린이 말이 맞았어. 밤에도 환하게 불을 켜는 이유는 새를 쫓기 위한 거였어.

"자, 이제 알겠지? 오히려 주인 허락도 없이 남의 회사에 몰래 들어온 너희가 불법적인 짓을 저지른 거야."

"하지만 그, 그건 보호해야 하는 조류를 해치는 일이에요. 그건 불법이지요."

무슨 용기가 난 걸까. 나는 입을 열고 말았다.

"오호라! 어째서 그렇지?"

"도요새가 내려앉지 못하게 하면 먼 비행을 해야 하는 도요새는 반드시 죽을 테니까요. 그건 아저씨 책임이에요."

"하하, 그래? 하지만 도요새가 여기에 내려앉으면, 그때는 내가 죽어. 너라면 어떻게 하겠니?"

"그게 무슨 말이에요?"

"여기에 도요새가 날아오면 환경 어쩌고 하는 놈들이 우리 펜션을 못 짓게 할 거라는 말이다. 옛날에도 그랬지. 수린이 아빠가……."

문득 수린을 바라보는 조커의 눈이 날카롭게 빛났다.

뭘까? 수린과 조커는 어떤 관계지? 그리고 수린 아빠하고는? 머리가 또 복잡해졌다.

"이제 이해하겠니? 그 사람들이 이 갯벌을 쓸모없다고 여겨야 우리 펜션이 무사히 지어질 거라는 뜻이야."

"그건 순 사기잖아요. 신고할 거예요."

나도 모르게 소리를 높였다.

"신고? 푸하하! 어떻게? 한번 해 보렴! 지금 당장 휴대폰을 꺼내서 해 보라고, 하하하!"

그러자 우진이가 얼결에 휴대폰을 들었다. 그 모습을 본 조커가 말했다.

"어때, 할 수 있겠니? 안 되지? 왜 그런지 알아?"

"아저씨가 안 되게 한 거예요?"

"이제 눈치챘니? 새가 싫어하는 소리를 꾸준히 내보내기 위해서도 다른 전파는 차단할 필요가 있더구나. 그렇지 않았으면 너희들 전화기부터 빼앗았겠지. 이 마을에서 휴대폰은 그냥 깡통이야."

"경찰이 오면 다 말할 거예요."

"그러든지. 경찰이 불법 침입자의 말을 믿을지 내 말을 믿을지, 그건 장담 못하겠다만."

할 말이 없었다. 아마 그럴 거였다. 어른들이 아이들 편인 적은 없었으니까.

"경찰이 올 때까지 잘 데리고 있어. 배고프다고 하면 뭐라도 시켜 주고. 나는 경찰이 오면 다시 내려올 테니까."

키다리 아저씨에게 지시한 뒤, 조커는 대머리 아저씨와 함께 나가 버렸다.

나는 기운이 쏙 빠졌다. 무언가 어마어마한 일이 벌어진 것 같긴 한데, 뭘 어떻게 해야 좋을지 몰라서였다.

수린은 고개를 푹 숙인 채 아무 말이 없었다. 수린의 눈에 눈물이 어렸다. 나는 수린을 그냥 놔두고 우진에게 낮은 소리로 물었다.

"너 어떻게 된 거야?"

"너희들 따라왔어."

"왜? 나 잡으려고?"

"몰라. 형주가 시켰으니까. 어디 가서 뭘 하는지 알아보라고 했어."

"그게 다야?"

"그리고…… 고양이가 이리로 오더라."

그러자 가만히 듣고 있던 수린이 갑자기 끼어들며 물었다.

"프라이데이가?"

우진이가 수린을 빤히 쳐다보며 말했다.

"그 오드아이 고양이 말이야."

나는 우진이에게 물었다.

"고양이는 어딨어? 형주랑 준호는?"

"고양이는 어디로 사라졌고, 형주랑 준호는 밖에 있을 거야. 나더러 먼저 들어가 보라고 했거든."

"어휴, 그래. 여기서 나가면 바로 붙잡혀 줄게. 맞아 준다고! 이제 진저리 난다. 그냥 맞고 말자, 씨발! 한 번 죽지 두 번 죽냐?"

정말로 짜증이 났다. 참 지독한 놈들이었다.

"야, 그러니까 왜 고양이를 들고 튀냐고. 형주가 할머니 약값 좀 벌겠다고 그런 건데."

이런, 미친! 무슨 드라마 찍냐? 나는 손을 내저었다.

나는 맥을 놓고 의자 등받이에 기댔다. 무슨 이런 거지 같은 경우가 있나 싶었다. 아무 말도 하고 싶지 않았다.

인터폰이 울렸다. 신문을 뒤적거리던 키다리 아저씨가 수화기를 들었다.

"네! …… 뭐, 지금? 알았어."

상대와 짤막하게 몇 마디 주고받은 키다리 아저씨가 수화기를 내려놓으며 말했다.

"이놈들, 여기 가만히 있어. 허튼짓했다가는 큰일 날 줄 알아."

그렇게 말하고 키다리 아저씨는 밖으로 나갔다.

그러자 기다렸다는 듯 수린이 재빨리 문으로 달려가 손잡이를 흔들어 댔다. 그러나 소리만 날 뿐 문은 열리지 않았다. 밖에서 잠근 모양이었다.

꽤 오랜 시간이 지났다. 아니, 느낌이 그랬다. 기분과 달리 사무실의 시곗바늘은 참으로 느릿느릿 움직였다.

온갖 생각이 오갔다. 엄마와 담임 얼굴이 떠오르자 가슴이 쿵쿵 뛰었다. 게다가 곧 경찰이 올 거라는 조커의 말이 떠올라 눈앞이 캄캄해졌다. 그러다가 차라리 잘된 일인지도 모른다는 생각이 들었다. 어찌 됐든 곧바로 집에 돌아갈 수도 있을 테니까.

그때, 조바심을 내며 안절부절못하던 수린이 입을 열었다.

"가자!"

나는 고개를 들고 수린을 쳐다보았다. 우진이도 수린을 힐끗 한 번 보고 나를 쳐다보았다.

수린은 창문을 가리켰다. 나는 얼른 일어나 창가로 가서 밖을 내다보았다. 2층인데도 꽤 높았다. 턴 볼트를 하기엔 부담스러운 높이였다.

"여기서 뛰어내리려고, 누나? 설마……."

"그럼 어떻게 해?"

"커튼을 찢어. 영화에서는 다 그렇게 하잖아."

우진이가 말했다.

그 말이 끝나자마자 수린이 배낭에서 칼을 꺼내더니 창틀로 올라갔다. 그러고는 커튼을 북북 찢었다.

"근데 이 창문, 열리지가 않아."

"뭐?"

우진이 말에 나는 창을 밀어 보았다. 열리지 않았다. 미친!

그러자 뒤에서 수린이 말했다.

"비켜!"

어느새 수린은 의자를 높이 치켜들고 있었다.

"누나! 뭐 하려고 그래?"

수린은 대답하지 않고 의자를 창문 쪽으로 집어 던졌다.

와장창창창!

창문이 깨졌다. 수린은 의자를 들고서 비죽비죽 드러난 유리를 쳐냈다. 웬만큼 속짐작은 하고 있었지만 볼수록 겁 없고 대찼다.

"너희는 탁자로 문을 막아!"

"우아! 이거 뭐야. 완전 영화네, 영화야!"

우진이가 깨진 창문을 휴대폰으로 찍어 댔다.

"야, 뭐 해? 얼른 이거나 밀어!"

"아, 알았어."

내가 소리치자 우진이가 탁자 반대편으로 달려갔다. 우진이와 나는 탁자를 문 쪽으로 힘껏 밀었다. 끼이익 소리가 났다.

"캐비닛도……."

수린이 커튼 두 개를 엮으며 말했다.

나는 우진이와 함께 캐비닛을 밀어서 문을 막은 탁자 쪽으로 옮겨 놓았다.

얼마 지나지 않아 바깥에서 소리가 들렸다.

"아니, 문이 왜 안 열리지? 이 자식들, 안에서 무슨 짓을 한 거야? 야! 문 안 열어?"

문이 흔들리고 천장이 울렸다. 문을 막아 둔 탁자와 캐비닛이 조금씩 흔들렸다.

"어우, 씨! 문 열리겠다. 빨리 해. 빨리 하란 말야."

"알았으니까 입 좀 닥치고 이거나 밀어!"

나는 캐비닛을 탁자 뒤에 바짝 붙이며 말했다.

"알았어, 새꺄. 근데 너 많이 컸다!"

"그래? 하지만 목표는 백팔십 센티미터야!"

"뭐?"

우진이가 눈을 부라렸다. 나는 싹 무시하고 수린을 향해 소리쳤다.

"서둘러, 누나!"

"알았어. 조금만! 거의 다 됐어."

밖에서는 계속 욕지거리가 들려왔다.

"이놈들! 가만 안 둔다. 다리몽둥이를 부러뜨릴 거야!"

그때 수린이 손짓했다.

"됐어! 이리 와!"

나는 창가로 달려갔다. 우진이도 따라왔다. 수린은 머리 땋듯이 땋은 커튼 한쪽 끝을 창밖으로 늘어뜨렸다. 그런데 커튼을 붙잡아 맬 곳이 마땅치 않았다.

"누나 먼저 내려가. 내가 얘랑 붙잡고 있을 테니까."

내가 수린에게 말했다. 하지만 수린은 우진이를 먼저 떠밀었다.

"아니야! 너부터!"

"알았어."

저 새끼는 양보라는 것도 모르는구나. 어쩔 수 없었다. 수린과 내가 커튼 끝자락을 붙잡았다.

"놓지 마! 놓으면 절대 안 돼! 아, 씨발! 졸라 무섭네."

우진이는 투덜거리면서 창문 난간으로 올라섰다. 그리고 커튼을 붙잡고 아래로 내려가기 시작했다. 우진이의 몸무게가 더해지자 커튼을 잡고 있는 손이 자꾸 미끄러졌다.

그때, 쾅 하는 소리가 들렸다. 문을 발로 걷어차는 모양이었다. 그 소리는 점점 커졌다.

"문 안 열어!"

힐끔 돌아보니 문이 두 뼘쯤 열려 있었다. 안 되겠다는 생각이 들었다.

"누나, 우린 그냥 나가자! 할 수 있지? 일단 창밖으로 나가야겠어."

수린이 고개를 끄덕였다. 나는 아래를 쓱 내려다보았다. 우진이는 거의 땅에 닿았을 것 같았다. 수린과 나는 누가 먼저랄 것도 없이 커튼을 놓아 버렸다.

"으아악! 아아아! 야, 씨발!"

저 밑에서 우진이의 비명 소리가 들렸다.

수린이 먼저 창밖으로 나갔다. 수린은 몸을 벽에 붙인 채 난간을 따라 오른쪽으로 걸어갔다. 그때 우지끈 부서지는 듯한 소리가 나면서 문이 확 열렸다. 나는 얼른 창문 밖으로 나갔다. 그리고 수린처럼 난간을 밟고 옆으로 걸었다. 키다리 아저씨가 손을 뻗었다.

"요 새끼, 이리 안 와?"

키다리 아저씨의 손이 내 옷을 스치고 지나갔다.

"누나……."

수린은 더 옆으로 걸어갔다. 난간 끝에 있는 은행나무까지 갈 모양이었다. 나도 옆으로 계속 걸었다.

"야, 이루미! 빨리 안 내려오고 뭐 해?"

저 밑에서 우진이가 소리쳤다. 그 와중에도 휴대폰을 이쪽으로 들이대고 있었다.

"요 도둑고양이 같은 녀석들!"

이윽고 키다리 아저씨도 창문 바깥으로 나와 손을 쭉 뻗었다. 그 손이 내 멱살을 덥석 움켜쥐었다.

"잡았다!"

헉! 내 몸이 휘청거렸다.

그런데 바로 그때였다.

"야아아아아아옹!"

프라이데이였다. 난간 왼쪽에서 푸른빛의 눈을 번득이며 달려온 녀석은 번개처럼 키다리 아저씨의 손을 할퀴었다.

"어이쿠, 이게 뭐야!"

키다리 아저씨가 나에게서 손을 뗐다. 순간, 비틀거리면서 몸이 아래쪽으로 쏠렸다. 나는 가까스로 난간을 붙잡았다.

턴 볼트.

나는 담에 손을 붙인 채 바닥으로 그냥 내리뛰었다. 발이 땅에 닿자마자 잽싸게 옆으로 몸을 굴렸다. 하지만 엉덩방아를 찧고 말았다.

"괜찮냐?"

우진이가 달려왔다. 나는 얼른 일어나 몸을 움직여 보았다. 엉덩이가 아픈 거 말고는 괜찮은 듯했다.

"괜찮아."

"근데 너네 왜 커튼 놓았어? 엉덩이 깨지는 줄 알았잖아."

"엄살떨지 마! 거의 다 내려간 거 보고 놓았으니까. 일단 뛰어!"

수린이 앞서고, 나와 우진이는 바짝 뒤쫓았다.

건물 모퉁이를 돌자, 아까 그 좁은 길이 나왔다. 식당 창문 아래였다. 그곳을 지날 때, 우리가 달려온 모퉁이에서 키다리 아저씨가 나타났다. 우리는 얼른 쪽문 바깥으로 나갔다.

그런데 그 앞에 형주가 서 있었다. 우뚝 멈추어 선 채로 나는 움직이지 못했다. 뒤에서는 키다리 아저씨가 달려오면서 소리치고 있었다.

"이놈들, 잡히면 가만 안 둔다!"

나쁜 인연

참으로 불편하기 짝이 없었다. 겨우 몇 시간 전까지만 해도 쫓고 쫓기는 처지였는데, 마주 앉아서 감자를 까먹고 있다니! 말을 하기도 그렇고, 안 하기도 그렇고. 작은 생명의 나무까지 오는 동안 오간 말이라고는 고작 "서둘러!", "이쪽이야!", "이젠 쫓아오지 않는 것 같아!" 정도.

솔직히 여기까지 오는 동안 나는 형주가 언제 돌변해서 온갖 욕설을 퍼부으며 달려들지 모른다는 생각에 내내 긴장을 늦추지 못했다. 놈이 눈치챘는지 모르지만, 나는 적당한 거리를 유지하느라 무척 신경을 썼다.

작은 생명의 나무까지 와서도 형주는 입을 열지 않았다. 놈이 무슨 꿍꿍이속이 있는 건지 도무지 짐작할 수가 없었다. 죽을 뻔하다가 살아나서도 나를 쫓아 공사장까지 온 걸 보면

놈의 속셈은 뻔한데, 왜 뜸을 들이는 걸까? 내 목을 벌써 서너 번은 졸랐어야 하지 않나? 적당한 기회를 노리는 건가? 놈이 나를 쪽문 바깥으로 끌어내고 미리 준비한 듯한 철사로 문손잡이를 붙잡아 맨 덕분에 키다리 아저씨는 따돌릴 수 있었지만, 그 상황이 도무지 믿어지지 않았다. 무슨 꿈수일까?

별의별 생각이 다 들었다. 그래서 우진이가 작은 생명의 나무 둘레를 돌면서 왜 공사장 건물에 들어갔는지 물었을 때도 건성으로 대답하며 형주 눈치만 살폈다. 우진이가 내게 다가와 수린이 누구인지, 예전부터 아는 사람인지, 몇 살인지 물을 때도. 형주 역시 그 이야기를 다 듣고 있는 것 같은데, 참견은 하지 않았다.

그때, 작은 생명의 나무 위에서 프라이데이가 나타났다.

"저 고양이, 왜 저걸 데리고 도망친 거야?"

우진이가 물었다.

"왠지 고양이를 돌려줘야 할 것 같았어. 수린이 누나 고양이야."

내가 대답했다.

"헐, 대박!"

우진이가 과장스럽게 소리를 높여 말했다. 형주는 잠깐 나를 쳐다봤을 뿐, 아무 말도 하지 않았다.

그러는 동안 수린은 작은 생명의 나무 위에 올라가 한참 동안 내려오지 않았다. 가끔 나뭇잎이 바람에 부르르 떨었고, 어둑한데도 초록빛은 포근히 우리를 감싸 안았다.

수린은 내가 더 할 말이 없을 때쯤 내려와 어제처럼 모닥불을 피우고 그 속에 감자를 넣었다. 재티가 훅 날렸다.

감자가 익는 동안, 담임한테는 연락을 했는지 우진이에게 물어봤다. 하지만 놈은 고개를 저으며 형주 눈치를 살폈다.

그러더니 우진이가 불쑥 뜬금없는 말을 꺼냈다.

"그런데 누나는 어떻게 그렇게 나무를 잘 타요?"

누나란다! 참 붙임성도 좋다! 나는 피식 웃음이 나올 뻔했다. 하지만 나도 그게 궁금했다. 그래서 딴 데를 바라보며 수린의 대답을 기다렸다.

"프라이데이한테 배웠어."

"고양이한테?"

얼결에 내가 묻고 말았다.

"응! 거의 매일 프라이데이랑 이 나무 위를 오르내리면서 놀았거든."

"아아, 그랬구나! 어쩐지……."

우진이가 호들갑스럽게 고개를 끄덕였다. 그러는 우진이를 형주가 힐끗 보았다.

"그나저나 이젠 어떻게 할 거야? 집에는 언제 가? 벌써 이틀째야."

공연히 모닥불만 쏘삭거리던 준호가 입을 열었다. 불기운 때문에 준호 얼굴은 벌겋게 달아올라 있었다.

"그래, 이젠 죽었다! 아빠가 나 쫓아낼지도 몰라."

"형주 너는?"

"그러게. 할머니 약 사다 드려야 한댔잖아."

우진이와 준호가 저희들끼리 말을 주고받다가 형주를 쳐다보았다.

"시끄러워!"

형주가 버럭 소리를 질렀다.

나는 놀라 움찔했다. 주변 공기가 한순간에 싸늘히 식어 버렸다. 잠시 서로 아무 말도 하지 않았다.

나는 수린을 바라보았다. 내 시선을 느꼈는지, 수린이 지나가는 말처럼 입을 열었다.

"배는 내일 아침 일찍 있을 거야."

"누나는?"

"……."

수린은 표정이 굳은 채로 대꾸하지 않았다. 모닥불 때문에 붉게 물든 수린의 얼굴이 어두워 보였다. 그 탓에 나도, 나머지 세 녀석도 숨을 죽이고 모닥불만 바라보았다. 나무가 딱, 따닥, 소리를 냈다. 준호가 감자를 꺼내느라 작대기로 불 속을 헤집자, 불꽃이 하늘로 확 퍼져 올라갔다.

"근데 그 아저씨는 도대체 왜 그러는 거야?"

문득 우진이가 나를 보면서 물었다.

그러자 고개를 숙이고 있던 수린이 입을 열었다.

"……한 십 년 전에도 아저씨는 서울 사람들을 불러다 이 마을에 리조트를 지으려고 했어. 그때 마을 사람들은 아무것도 모르고 동네가 발전할 거라며 좋아했대. 일자리도 많이 생기고, 관광객들이 많이 오면 마을 소득도 올라간다고 리조트 회사에서 광고를 했지.

그렇지만 어릴 때부터 아저씨랑 친구였던 우리 아빠는 반대했어. 조상 대대로 가꿔 온 삶의 터전을 서울 사람들한테 다 뺏길 거라고 주장했지. 엄마는 갯벌이 파괴돼서 새가 날아오지 않을까 봐 걱정했고…….

아빠 말대로 리조트 건설 이야기가 나온 뒤에 논밭을 파는 사람들이 많았대. 한때는 선착장 주변에 부동산 중개소만 열 군데가 넘었어. 물론 아빠는 마을 사람들한테 절대 땅을 팔지 말라고 했지.

그렇게 옥신각신하는 동안 환경 단체에서 나와 조사를 했고, 국회 의원들도 다녀갔대. 그 뒤로 환경 단체에서는 반대 시위도 하고 막 그랬어. 서울에서 무슨 조사단이 내려오고, 갯벌이랑 새를 연구하는 학자들도 왔다더라. 결국 리조트를 짓지 않게 되었다는 소문이 돌았지."

미리 준비하고 있었던 것처럼 수린은 막힘이 없었다. 중간중간 우진이가 몇 번씩이나 "우아! 진짜?" 하며 맥을 끊어도 말을 멈추지 않았다.

기억을 더듬는 건지, 수린은 모닥불 아래쪽을 들쑤셔서 감자를 하나 꺼내 형주—왜 하필 이 자식한테!—에게 내밀고는 다시 말을 이었다.

"아저씨가 아빠를 찾아온 게 딱 그 시점이었어. 아저씨는 우리 고향을 발전시키자는데 왜 방해하느냐며 따졌지. 마구 삿대질을 하면서. 어떤 날은 도와달라고 간절히 부탁하기도 했어. 우리 아빠도 고민이 많았지.

하지만 아빠는 끝끝내 아저씨를 도울 수가 없었어. 리조트가 들어서면 우리 마을 사람들은 남은 땅마저 다 뺏기고, 마을은 관광객만 드나드는 불모의 땅이 될 거라고 했어. 갯벌도 죽을 거고, 새들도 날아오지 않을 거라고.

한동안 마을 사람들도 두 패로 갈라져서 서로 심하게 다퉜어. 공사는 계속 미뤄졌고. 그렇게 몇 년이 지났는데, 아저씨는 아빠가 정말 미웠나 봐. 우리 엄마를 마을에서 쫓아냈어."

"어떻게? 강제로?"

우진이가 물었다.

"마을 사람들 얘기로는 아저씨가 뒷조사를 했대. 그러고는 우리 엄마가 불법 체류자라고 신고한 거야."

수린은 고개를 끄덕이며 대답했다.

"엄마가 왜 불법 체류자였는지 모르겠어. 하도 어릴 때 일이라. 게다가 마을에 나쁜 일이 생기면 그게 다 엄마 탓이라고 했지. 큰 해일이 몰려오고, 물고기 떼가 죽고 그랬거든. 사실 물고기 떼는 큰 배에서 기름이 흘러나와 죽은 건데."

"그게 왜 누나 엄마 탓이야?"

"마을 이장이었던 할아버지가 그랬대. 외국 사람이 우리 마을에 들어와 살기 때문이라고."

"에이, 그런 미신이 어딨어?"

준호가 끼어들었다.

"내 말이 그 말이야. 그런데 그 이장 할아버지가 바로 아저씨 아버지였거든. 엄마가 당산나무로 새들을 자꾸 불러들이는 탓에 당산나무 신령님을 노하게 했다고. 별의별 이상한 소문이 다 퍼졌어."

"헐! 정말 대박!"

기가 막히다는 듯 준호가 도리질을 쳤다.

"쳇, 찌질한 영감탱이!"

잠자코 있던 형주도 한마디 툭 던졌다.

"어쨌든 날이 갈수록 괴소문은 심해졌고, 그러는 통에 엄마는 이 마을에서 살 수가 없었지."

"누나 아빠랑 결혼했는데 불법 체류자라니 말도 안 돼! 누나 아빠한테 보복하느라고 이상한 소문을 낸 거네, 뭐!

우진이가 알은체를 했다. 나도 고개를 끄덕였다. 대충 그림이 그려졌다. 틀림없이 수린네를 해코지하려고 조커가 꾸민 일이겠지. 형주 말대로 참 찌질하다.

"결국 엄마는 쫓겨나듯 고향으로 돌아가고 말았어. 그때 엄마는 많이 아팠는데, 지금은 다 나았는지……. 난 매일 이 나무에 올라가 엄마를 기다렸어. 이 나무에 올라가면 선착장이 보이거든."

어디서 소금기를 머금은 바람이 불어왔다. 그때 나는 분명히 느꼈다. 작은 생명의 나무가 다시 몸부림치는 것을. 그래서 그 푸른빛이 더 푸르게 빛나는 것을. 그건 달빛 때문만은 아니었다. 소금을 뿌려 놓은 것처럼 밤하늘에 가득한 별빛 때문도 아니었다. 작은 생명의 나무는 저 혼자 빛을 내면서 그걸 온통 우리에게, 그리고 갯벌 쪽으로 흘려보내고 있었다. 나에게는 분명 그렇게 보였다. 아마 수린도 보았을 것이다.

새들이 날아왔다. 수린이 자리에서 일어났다. 새들은 수린 주위를 날았다. 어떤 녀석은 어깨 위에 앉았고, 어떤 녀석은 수린이 내민 손 위에 앉았다. 수린의 귓가에 대고 연신 지저귀는 녀석도 있었다. 한참 부산을 떨고 나서 새들은 어디론가 날아갔다.

수린은 새들이 날아간 바다 쪽을 바라보며 움직이지 않았다. 나는 일어나서 수린 옆으로 갔다. 그러자 수린이 나를 돌아보며 말했다.

"새들이 왔어. 아주 가까이!"

수린은 모닥불 근처에 놓아둔 백팩을 집어 들고 어깨에 멨다. 조금도 머뭇거리지 않는 태도, 긴장감에 파리해진 얼굴빛으로 보아 다시 공사장으로 가겠다는 뜻일 터였다. 그것도 지금 당장!

"어떻게 할 건데?"

내가 묻자 수린의 눈빛이 살짝 흔들렸다. 수린은 얼른 내 시선을 피했다. 그리고 신발 끈을 단단히 맸다.

"우린 뭘 하면 되는데?"

갑자기 형주가 나섰다. 나는 깜짝 놀라 놈의 얼굴을 바라보았다.

"왜?"

눈길이 마주치자 형주가 턱을 치켜 올리며 물었다. 미간을 잔뜩 찌푸리는 바람에 나는 무어라 대꾸를 못했다.

"왜 이러느냐고? 몰라. 지금은 아무 말도 하지 마. 나도 빚지고는 못 사는 성미니까."

"단지 그거야? 그러기엔 너무 위험하다는 생각 안 들……."

"이루미! 잘난 척하지 마. 그리고 분명히 말해 두는데, 어쨌든 학교에 가면 너하고 나는 반드시 풀어야 할 숙제가 있다는 것만 잊지 마."

형주가 눈을 번득이며 말했다. 손가락으로 나를 가리켜 가며 하는 말이 무슨 영화 대사라도 읊는 듯했다. 그런데 네놈의 숙제 대부분을 내가 해 준 거, 잊었냐?

"그나저나, 방금 전에 간신히 도망쳐 나온 거길 또 들어가겠다고?"

"아저씨들은 우리가 이렇게 당장 다시 오리라고는 짐작조차 못할걸."

우진이 말에 형주가 재빨리 대답했다.

"그래도 이건 너무 무모하잖아!"

나는 목소리를 높였다. 그러자 돌계단을 내려가던 수린이 나를 쏘아보았다.

"내, 내 말은 최소한의 계획은 세워야 한다는 거야. 그러지 않으면 아까처럼……."

나는 움찔해서 말을 더듬었다.

"어떤 계획?"

형주가 물었다.

"어떤 계획? 그, 그래! 일단 어디로 어떻게 들어갈 건지, 들어가서 뭘 할 건지, 이런 것들……."

"그건 루미 말이 맞네. CCTV 때문에 문으로는 절대 못 들어가."

준호가 나를 거들고 나섰다.

그 말에 수린이 나무 아래로 되돌아와 서성댔다. 그러고는 한참 동안 나무 위를 쳐다보다가 한 바퀴 천천히 돌았다. 나는 뭐라도 생각해 내려고 애썼지만, 아무 생각도 나지 않았다.

그때 둔탁한 소리가 들렸다. 얼른 돌아보니, 형주가 우진이 뒤통수를 후려치고 있었다.

"야, 넌 지금 뭐 하냐? 이 상황에서 또 뭘 찍고 있냐고!"

"아, 씨발. 그게 아니고……. 아까 내가 그 건물 주변도 찍었는데, 혹시 뭐 없을까 해서 보는 거야!"

우진이는 계속 휴대폰을 만지작거리다가 질세라 버럭 소리를 질렀다.

"뭔데? 이리 줘 봐."

형주가 우진이 손에서 휴대폰을 빼앗아 잔뜩 인상을 쓰고 화면을 들여다보았다. 그러더니 한참 후에 나에게 말했다.

"너, 볼래?"

나는 휴대폰을 받아 들었다.

동영상이었다. 화면에 수린과 내가 들어갔던 쪽문이 나오고, 건물 벽과 절벽 사이의 좁다란 길이 보였다. 그러다 건물 안 복도에서 후닥닥 하는 소리와 함께 동영상이 끊겼다. 이어 보기 버튼을 누르자, 이번에는 뜻밖에도 수린과 내가 붙잡혀 있을 때의 장면이 나왔다. 조커가 수린에게 가까이 다가가 말하는 모습, 나한테 뭐라고 떠드는 모습, 키다리 아저씨가 졸고 있는 모습…….

"아, 이 새끼! 뭐 이런 것까지 찍었어?"

옆에서 형주가 투덜댔다.

나는 수린이 키다리 아저씨를 밀어 버리는 장면까지 훑어본 다음, 이어 보기 아이콘을 한 번 더 눌렀다. 절벽 위에서 건물을 찍은 모습이 흘러가다가, 수린과 내가 들어간 건물이 화면에 나타났다. 위에서 보니, 아래쪽의 획이 긴 'ㄷ' 자 건물이었다. 그 긴 획 오른쪽으로 공사 중인 건물도 보였다. 화면의 초점은 먼저 공사 중인 건물을 비추었다. 옆면에 철근이 비죽

비죽 튀어나와 있고, 옥상에는 벽돌과 철근이 어지럽게 널려 있었다. 화면상으로는 공사 중인 건물이 더 높아 보였다.

"도대체 어디가 어딘지 알 수가 없어."

나는 화면을 보며 혼자 중얼거렸다. 그러자 기다렸다는 듯 수린이 아이들 틈을 비집고 들어왔다.

"여기는 신관이야. 그리고…… 여긴 본관……. 이 건물이 구관."

수린은 'ㄷ' 자 건물의 맨 아래쪽 획과 중간 획, 그리고 첫 획에 해당하는 건물을 차례로 가리키며 말했다.

어떤 창문 안에서는 사람이 움직이는 모습도 보였다. 건물 마당에는 포클레인 한 대와 트럭 네 대, 그리고 사륜 오토바이 두 대가 나란히 서 있었다.

"그런데 거기 가서 정말 뭘 하자는 거야?"

세 번쯤 다시 보기를 하고 있을 때 형주가 물었다.

그런데 바로 그때, 뭐라고 말하려던 수린이 갑작스레 입을 다물었다. 돌계단 아래쪽에서 무슨 소리가 들렸기 때문이다.

"수린아!"

모두 일시에 동작을 멈추었다. 그리고 귀를 쫑긋 세웠다.

"이제 가야 해. 할아버지가 날 찾고 있어!"

수린이 목소리를 높였다.

"할아버지?"

"응! 분명히 아저씨가 할아버지한테 연락했을 거야. 할아버지는 아마 나를 못 가게 할걸? 어쨌든 불부터 끄자."

수린은 서둘러 말하고 흙으로 모닥불을 덮었다. 모닥불이 금세 끄먹거렸다. 우진이와 준호도 흙을 한 줌씩 끌어모아 남은 불씨를 덮었다.

수린이 먼저 이끼가 잔뜩 낀 돌담을 넘어갔다. 형주와 준호가 따라갔고, 나도 우진이와 함께 담을 넘었다.

바닷가를 따라 걸으면서 나는 자주 하늘을 쳐다보았다. 서울 하늘과 달리 별빛과 달빛이 밝아서 길은 제법 환했지만, 이상하게 불안하고 겁이 났다. 수린의 할아버지를 피하느라 서두르는 바람에 우리가 세운 계획이라는 건 형주, 준호, 우진이가 수린과 내가 건물 안으로 들어가도록 돕는 것(어떻게?), 그리고 수린과 내가 통제실로 들어가서(무슨 수로?) 갯벌의 조명을 끄고(스위치는 어디에?), 어떡하든 새들이 싫어하는 소리를 멈추게(그건 어디서?) 하자는 게 고작이었다.

막막함 때문에 자꾸만 머릿속에서 아빠 목소리를 찾았다. 아빠가 말했다. "네가 꼭 해야 하는 일이라면 방법은 반드시 있을 거야."라고. 그건 아빠가 고양이나 동물들을 구조할 때, 또 내가 길고양이들과 친해지려고 무진 애쓸 때 했던 말이기도 했다. 나는 또 물었다. "이건 내가 꼭 해야 하는 일이 맞죠?" 그러자 아빠는 대답 대신 고개를 끄덕였다. 그래서 아빠한테 부탁했다. "그럼 엄마한테 미안하다고 전해 주세요."

해안 도로가 끝나고 산자락으로 접어들었다. 길이 가팔라서 그런지 긴장감이 더해져서 그런지, 가슴이 더 뛰었다. 나는 숨을 고르느라 종종 긴 숨을 내쉬어야 했다.

가파른 오르막길이 끝났다고 느껴질 즈음, 하늘이 희뿌옇게 밝아졌다. 그 빛을 향해 더 가까이 가자 공사장 건물이 나타났다.

수린은 절벽 끝까지 다가가서, 위험하다 싶을 정도로 허리를 굽혀 아래를 내려다보았다.

절벽과 우리가 붙잡혔던 건물의 간격은 동영상으로 보던 것보다 넓었다. 공사 중인 건물이 절벽에 조금 더 바싹 붙어 있었고 높이도 높았다. 그쪽이 절벽과의 거리가 더 가깝다는 뜻이었다.

"여기에서 저쪽으로 뛰어내릴 수 있지 않을까? 너라면……."

내 생각을 넘겨짚고 있다는 듯 형주가 내 팔을 툭 치며 말했다.

우진이가 CCTV 운운하자 이쪽으로 길을 잡은 게 놈이었다. 물론 수린도 그러는 편이 나을 것 같다고는 했지만. 그래도 나는 놈의 속셈이 의심스러웠다. 더구나 하필 이럴 때 수린이 나를 쳐다볼 건 또 뭐람.

나는 고개를 끄덕였다.

"그래. 나는 그냥 이 아래로 내려갈게."

"어떻게?"

"절벽에서 돌이 흘러내리지 않게 단단한 철망을 쳐 놨거든. 그걸 붙잡고 내려가면 될 거 같아."

내 질문에 수린은 별거 아니라는 듯 말했다.

"그다음엔? 우린 어떻게 들어가지?"

형주가 물었다.

"안 들어와도 돼. 대신 우리 둘이 저 건물 안으로 들어가고 나면, 너희는 소란을 피워 줘."

"소란?"

"주의를 끌라는 말이잖아. 그 틈을 이용해서 누나랑 루미가 통제실로 침투하겠지."

우진이가 끼어들었다. 그러자 수린이 씩 웃으면서 고개를 끄덕였다.

그런데 '침투'라는 단어 좀 안 쓰면 안 될까? 자꾸만 싸구려 액션 영화가 떠오른단 말이다!

"소란은 어떻게 피우지?"

형주가 고민스러운 얼굴로 물었다.

"그건 너희가 알아서 해. 루미야, 가자! 삼 층에서 만나는 거야. 저기 신관 끝에 철제 계단 보이지? 삼 층 비상문 앞에서 보자."

수린이 손가락으로 'ㄷ' 자 건물의 아래쪽에 해당되는 건물의 동쪽 끝을 가리켰다. 그러고는 서둘러 절벽 아래로 내려가기 시작했다.

나는 두 주먹을 꽉 쥐고 착지 지점을 가늠한 다음 뒤로 물러섰다.

어금니를 꽉 물었다. 숨을 한 번 내쉬고 두 번 들이마신 뒤 달리기 시작했다. 있는 힘을 다해서. 그리고 절벽 끝에서 몸을 날렸다. 내 몸은 밤하늘을 가르며 허공으로 붕 날아올랐다. 수많은 별이 나를 향해 쏟아지는 기분이었다.

습격

따따따따땅! 땅땅! 슈우우욱! 푸슈슉, 퍽!

폭죽이 터졌다. 요란한 소리와 함께 화려한 불꽃이 하늘에 그림을 그렸다. 처음에는 파란색의 작은 꽃 모양 여러 개가 그려졌고, 노란색 큰 꽃이 하늘을 수놓았다. 곧이어 빨강 파랑 초록색 꽃이 한꺼번에 피어올랐다가 사라졌다. 나는 이 뜬금없는 불꽃놀이에 잠시 넋을 놓았다. 한 번으로 끝이었지만, 희뿌연 연기는 새까만 하늘에 오랫동안 붓질을 했다. 이게 무슨 일인가 싶었다. 나는 소금 알갱이 같은 별빛만 남은 하늘을 잠시 쳐다보고만 있었다.

"저게 뭐니? 참 예쁘기도 하다."

수린이 낮은 소리로 중얼거렸다.

나는 대꾸하지 않았다. 멍하니 하늘만 쳐다보며 절레절레 고개를 저었다. 캠프파이어 때 쓰겠다 그러더니, 여기서 폭죽을 써먹는구나.

쇼는 거기서 끝나지 않았다. 절벽 위에서 다시 한 번 요란한 소리가 들렸다.

따땅! 따따따따땅! 따따땅!

이번엔 연발 폭죽이었다. 콩 볶는 듯한 소리에 이어 절벽 위 숲에서 불꽃이 솟았다 사라지고, 얼마 지나지 않아 불길이 일었다. 그리고 그 불티가 바람을 타고 건물 쪽으로 날아왔다.

"헐! 대박!"

"어? 뭐?"

"아니야. 아주 제대로 한다고!"

"정말 그러네. 네 친구들 아주 제법인걸!"

"친구 아니라니까!"

"어쨌든 이제 우리도 움직여야지!"

"응! 잠깐만……."

나는 일어나서 비상문 손잡이를 잡았다.

바로 그때, 건물 어디에서 쨍그랑 하는 소리가 두 번 들렸다. 유리창이 깨지는 소리였다.

그러더니 이번에는 화재 비상벨 소리가 들렸다.

따르르르르릉! 따르르르르릉!

나는 비상문을 반 뼘쯤 살짝 열었다. 철컹, 하는 소리가 비상벨 소리에 묻혔다. 아저씨들 셋이 복도 저편으로 달려가는 모습이 보였다. 그중에는 조커도 있었다. 육중한 몸으로 뒤뚱거리는 모습이 영락없는 오리였다.

한 발 들여놓으려는 순간, 통제실 문이 열리고 아저씨 하나가 나왔다.

"어이! 무슨 일이야?"

쩌렁쩌렁한 목소리가 복도를 울렸다.

"몰라! 산 위에서 불이 나 이쪽으로 튀었나 봐. 이 층에 가 보고 올게."

아저씨 하나가 급히 말하고는 뛰어갔다.

경보음이 잦아들자, 통제실에서 나온 아저씨는 밖을 한번 휘휘 둘러보고 문을 닫았다.

"이제 어떻게 할 거야?"

내가 묻자 수린은 아무 말 없이 하늘만 쳐다보았다.

'빨리!'

나는 속으로 외쳤다. 무엇이든 생각해 내야 했다.

시간은 자꾸만 흘러갔다. 먼 곳 어디서 요란한 소리가 들렸다. 고함 소리도 들렸다. 안 되겠다 싶었다.

"내가 저 아저씨를 유인할게."

"뭐?"

"어쨌든 저 아저씨를 밖으로 나오게 하면 통제실 안으로 들어갈 수 있잖아. 그러면 누나가 어떻게든 해 봐."

"할 수 있을까?"

"응. 그러고서 일 층에서 만나자."

"그럼 정확히 삼십 분 후에 본관 일 층 로비에서 만나. 알았지? 지금 아홉 시 오 분 전이야."

나는 고개를 끄덕였다. 그러면서 우진이 휴대폰 동영상을 보며 수린이 가르쳐 준 신관, 본관, 구관의 위치를 머릿속에 떠올렸다.

비상문을 열고 복도로 들어섰다. 침을 꿀꺽 삼키고 통제실 문 앞에 섰다.

'그래, 해 보는 거지, 뭐! 설마 죽기야 하겠어?'

나는 문손잡이를 잡고 활짝 열어젖혔다. 열댓 개의 컴퓨터 화면 앞에 앉아 있던 아저씨 한 명이 고개를 돌렸다.

"무슨 일……? 아니, 넌?"

아저씨가 벌떡 일어났다. 낮에 보았던 대머리 아저씨였다. 나는 얼른 뒤로 물러났다.

"이놈! 이리 오지 못해?"

대머리 아저씨가 따라 나왔다.

'그래, 조금만 더!'

나는 복도 쪽으로 달아날 마음의 준비를 하면서, 대머리 아저씨와 복도 쪽을 번갈아 바라보았다. 복도는 길었고, 천장을 따라 형광등이 죽 켜져 있었다.

"이리 오라니까, 이놈이!"

대머리 아저씨가 나를 덮칠 듯 달려왔다. 나는 뛰기 시작했다. 힐끗 돌아봤더니, 수린이 비상문을 통해 복도로 들어오고 있었다.

'됐어!'

나는 주먹을 꽉 쥐고 속력을 냈다.

"거기 서! 안 서?"

간격이 점점 좁혀졌다. 양쪽을 돌아보았다. 왼쪽은 창문, 오른쪽은 벽과 방문이었다. 그뿐이었다. 복도는 아주 깨끗했다. 장애물이 하나도 없었다. 대머리 아저씨를 따돌리기가 쉽지 않을 것 같았다. 이대로 달리다가는 붙잡힐 게 뻔했다. 다행히 곧 계단이 나왔다. 그런데 아뿔싸! 그 계단을 아까 낮에 봤던 키다리 아저씨가 올라오고 있었다.

"저놈 잡아!"

"어라? 요 새끼 봐라!"

키다리 아저씨가 정면에서 달려왔다. 어떻게 할지 빨리 판단을 내려야 했다. 위험한 상황에서는 빠른 판단이 가장 중요하다. 나는 피하지 않고 정면으로 달려갔다. 그러자 키다리 아저씨가 나를 잡으려고 두 팔을 벌린 채 손을 뻗었다. 나는 슬라이딩하듯 키다리 아저씨의 가랑이 사이로 다리를 쭉 뻗어 미끄러져 들어갔다.

"우어! 이거 뭐야?"

키다리 아저씨가 소리쳤다.

"어어어엇!"

대머리 아저씨와 키다리 아저씨가 부딪치면서 비틀댔다. 나는 잽싸게 몸을 일으켜 계단 난간을 붙잡은 뒤 난간을 타 넘고 아래로 뛰어내렸다.

"이 쥐새끼 같은 놈! 거기 서지 못해!"

나는 단숨에 2층으로 내려왔다. 복도는 텅 비었고, 본관 쪽으로 꺾어지는 복도 끝이 어둑했다. 위에서 거친 발소리가 들려왔다. 고민할 필요 없이 나는 곧장 본관 쪽을 향해 뛰었다.

"저기다! 잡아!"

아저씨들과의 거리는 아직 꽤 떨어져 있었다. 나는 본관으로 꺾어지자마자 아무 방문이나 열고 들어가 문을 잠갔다.

잠시 뒤 말소리가 들렸다.

"어디로 간 거야?"

"방으로 들어갔나 봐. 사무실 열쇠 전부 어딨지?"

"일 층 경비실에 있을 거야. 한 사람이 내려갔다 와."

"내가 다녀올게."

말소리가 잦아들고 발소리만 들려왔다. 나는 숨을 죽였다. 그리고 벽을 더듬어 스위치를 찾아서 불을 켰다.

내가 들어간 방 한쪽 벽에는 둘둘 말린 큰 종이들이 가득했다. 몇 장은 펼쳐진 채로 버려져 있었는데, 설계도 같았다. 다른 한쪽 구석에는 망가진 컴퓨터 모니터와 고장 난 선풍기 몇 대가 나동그라져 있었다.

나는 다시 불을 끄고 창문을 살짝 열었다. 갯벌 쪽은 아직 훤했다.

'본관 일 층이랬지?'

나는 창문 난간에 올라서서 잠시 숨을 가다듬었다. 어디서 어수선한 발소리와 아저씨들의 목소리가 들렸다.

그때, 불 꺼진 신관 3층 벽의 가스관에 매달려 있는 수린이 보였다. 그리고 건물 밖 아래쪽에서 웅성대는 소리가 들렸다. 아저씨들 서너 명이 이리저리 두리번거리고 있었다. 나와 수린을 찾고 있는 게 분명했다.

이대로 있다가는 수린이 들킬 것 같았다. 나는 일부러 비명을 크게 질러 댔다.

"아아아아얏!"

그러자 아래쪽에서 소리가 들렸다.

"저기, 저 위에 있네. 저쪽 위야!"

"이놈아! 거기 안 서?"

아저씨들이 소리치며 다시 건물 안으로 후닥닥 들어오는 모습이 보였다. 그와 동시에, 내가 빠져나온 방의 창문이 활짝 열리는 소리가 들렸다.

"저기 있네. 너, 이놈! 이리 안 올래?"

이러고 있으면 안 될 것 같았다. 나는 벽에 붙어 있는 가스관을 타고 조금 아래로 내려왔다. 그리고 몸을 던졌다.

랜딩.

하지만 앞구르기를 하고 일어서자마자 날카로운 목소리가 날아왔다.

"야, 꼬마! 거기 서!"

작지만 몸집이 날렵한 아저씨가 쫓아왔다. 나는 구관 쪽으로 달렸다. 하지만 출입구가 닫혀 있는 게 보였다. 나는 얼른 주위를 살폈다. 출입구 위의 포치가 눈에 들어왔다. 그리고 그 포치 위쪽 창문이 열려 있었다.

'월 런!'

나는 입속으로 중얼거렸다. 그리고 속력을 내서 벽으로 달려들었다. 오른발로 벽을 먼저 차고, 왼발로는 약간 오른쪽으로 몸을 밀었다. 몸이 공중에 날아오르면서 옆으로 이동했다. 나는 재빨리 출입구 위 포치를 손으로 붙잡았다. 됐어! 어느 때보다 몸이 가벼웠다. 몸을 끌어 올리고 위층의 창문 난간을 붙잡았다. 그리고 킵 업!*

나는 창문 안으로 몸을 밀어 넣었다. 어두웠다. 주머니에서 휴대폰을 꺼내 비춰 보았더니, 이런! 화장실이었다. 나는 창문 아래쪽에 설치된 히터를 밟고 내려왔다.

나는 조심스럽게 화장실 입구로 나왔다.

"이쪽이야! 이쪽으로 들어갔어!"

밖에서 외치는 소리가 들렸다.

---

* Keep-up : 장애물을 손으로 짚고 다리를 튕겨 그 탄력으로 위로 올라가는 기술.

다시 아무도 없는 복도를 뛰면서 방문을 여기저기 마구 밀어 보았다. '탕비실'이라고 쓰여진 방문이 벌컥 열렸다. 나는 그 방으로 들어갔다.

숨을 가다듬고 시간을 확인했다. 9시 15분. 아직 10분을 더 기다려야 했다. 나는 엎드린 채 건물 쪽을 쳐다보았다. 가끔씩 누가 외치는 소리며 창문을 여닫는 소리가 들렸다. 나는 바닥에 주저앉았다.

'수린은 어떻게 됐을까? 형주랑 준호, 우진이는……?'

나는 이마의 땀을 닦았다. 숨을 돌리고 아빠에게 물었다.

"아빠, 해낼 수 있겠죠?"

그러자 아빠가 말했다.

"너 자신을 믿어! 지금은 그게 가장 중요해!"

9시 20분. 나는 일어나서 창밖을 먼저 살폈다. 건물 안마당이 보였다. 조용했다. 멀리 갯벌의 불빛도 훤했다.

'수린이 실패한 건가?'

돌아서서 살그머니 문을 열어 보았다. 복도 양쪽은 여전히 텅 비어 있었다. 바깥으로 나가는 편이 나을 것 같아서 계단을 찾으려는데, 아뿔싸! 반대편에서 아저씨 둘이 나타났다. 그 중 하나는 한눈에 봐도 키다리 아저씨였다.

"너 이 새끼!"

욕설과 함께 아저씨 둘이 나를 향해 달려왔다. 나는 또 뛰었다. 곧 아래층으로 내려가는 계단이 보였다. 뒤를 돌아보니 키다리 아저씨가 바싹 쫓아와 있었다. 어설프게 몸을 돌려 계단을 내려가다간 붙잡힐 게 뻔했다.

'이번엔 틱 택*이다!'

자주 실패하던 기술이었지만, 속력을 줄이지 않은 채 계단 벽 쪽으로 한 발을 뻗었다. 그리고 발이 벽에 닿는 순간 방향을 바꾸어 계단 아래쪽으로 몸을 날렸다. 그리고 다시 랜딩!

그러나 속도를 못 이겨 구석에 처박히고 말았다. 어깨가 아팠다. 나는 얼른 일어나 나머지 계단을 단숨에 내리뛰었다.

그런데 1층 현관문을 바로 코앞에 두고 나는 우뚝 멈추었다. 맞은편에서 누가 걸어오고 있었던 것이다. 조커였다.

"아!"

나는 한숨을 길게 내쉬었다.

"이 쥐새끼 같은 놈!"

뒤에 있는 아저씨 하나가 먼저 소리쳤다.

"너 무슨 짓을 한 거야? 수린이는 어딨어?"

조커가 점점 다가오면서 나를 닦아세웠다. 도망가야겠다고 생각했지만 움직일 수가 없었다. 앞뒤로는 아저씨들이 있었고, 복도 창문은 몇 개 열려 있었지만 뛰어오르기에는 너무 높았다. 바깥으로 나가는 문도 닫혀 있었다.

---

* Tik Tak : 달리다가 벽을 발로 차듯 밀어서 방향을 바꾸는 기술.

"대가리에 피도 안 마른 자식이!"

조커가 내 멱살을 쥐었다. 발끝이 땅에서 떨어지면서 숨이 막혔다.

"어헉, 커헉!"

"수린이 어딨어? 네놈들 가만 안 둘 거야. 수린이 어딨는지 말해!"

나는 고개를 저었다.

"어라? 이놈이 어른을 놀리네!"

조커는 큼지막한 손을 치켜들었다. 나는 눈을 질끈 감았다. 바로 그때, 고양이 소리가 들렸다. 얼른 눈을 떠 보니 열린 창으로 뭐가 날아들었다. 프라이데이였다.

"야아아아아옹!"

프라이데이는 송곳니를 드러내고 조커의 얼굴을 향해 몸을 던졌다. 덕분에 나는 조커의 손에서 놓여났다. 대신 조커는 프라이데이의 목덜미를 움켜잡았다.

"이 고양이 새끼!"

조커가 프라이데이의 목을 졸랐다. 프라이데이가 푸른 눈을 크게 뜨고 발버둥 쳤다.

"아, 안 돼요!"

나도 모르게 소리쳤다. 그러자 조커는 나를 보고 씩 웃더니 프라이데이의 목을 더 세게 눌렀다.

"아저씨, 왜 이러세요? 고양이 죽어요!"

나는 조커의 정강이를 힘껏 걷어찼다.

"어유, 이 자식이!"

조커가 나를 확 밀쳤다. 나는 뒤로 벌렁 넘어졌다.

"하긴 내가 이 고양이 새끼랑 싸울 때가 아니지."

그러더니 조커는 프라이데이를 열린 창문으로 휙 내던졌다.

"끼야야아아아옹!"

프라이데이가 비명을 지르며 창밖으로 사라졌다.

"김 기사! 얘 데리고 현장 소장실로 가. 그리고 경찰에 연락해. 파출소 말고, 강화도 경찰서에 연락하라고!"

"네?"

"방화에 기물 파손에 무단 침입, 전부 다 말해. 이놈의 새끼, 콩밥 한번 먹어 봐라. 그리고 조 기사! 그 여자애도 어서 찾아."

"네."

"그리고 또 있다며?"

"밖에서 불 지른 놈들 중 하나는 잡았습니다. 나머지 두 놈은 찾는 중이에요."

"알았어. 소장실에 가둬 두고 잘 지켜."

누굴까? 누가 잡힌 걸까? 수린은 아직 무사한 듯한데. 혹시 우진이? 하긴, 걔들 걱정할 때가 아니었다. 당장 나도 어찌 될지 모르는 판에.

"이리 와, 이 새끼야!"

키다리 아저씨가 내 목덜미를 붙잡고 끌었다. 숨이 콱 막혔다. 이젠 죽었구나 싶었다. 앞으로 어떻게 될지 눈앞이 캄캄하기만 했다.

그런데 바로 그때였다.

철커덕하는 쇳소리가 났다. 돌아보니 바깥으로 나가는 문에서 누가 들어오고 있었다. 나도, 그리고 조커와 다른 아저씨들도 일제히 문 쪽을 쳐다보았다.

누구지? 진한 밤색 점퍼에 까만 모자를 푹 눌러쓰고 다부져 보이는 아저씨가 천천히 다가오고 있었다. 그 아저씨 품에는 프라이데이가 안겨 있었다.

"프, 프라이데이……."

모자를 쓴 아저씨 뒤에는 허름한 작업복 차림의 아저씨가 따라오고 있었다. 뜻밖에도 나를 태우고 강화도로 가려던 그 어부 아저씨였다.

"자, 자네들은……."

조커의 얼굴이 금세 창백해졌다. 나를 붙잡고 있던 키다리 아저씨의 손힘도 왠지 느슨해졌다. 그 틈에 나는 재빨리 몸을 빼내고 까만 모자 아저씨 쪽으로 달려갔다.

"오랜만일세."

까만 모자 아저씨는 프라이데이를 쓰다듬으며 씩 웃었다. 다행히 프라이데이는 괜찮아 보였다. 까만 모자 아저씨가 프라이데이를 나에게 건네주었다. 나는 얼른 받아 들고 까만 모자 아저씨 옆에 섰다.

"이 시간에 자네가 여길 어떻게? 자네 강화도에 있는 거 아니었나?"

"이 친구가 고깃배로 데려다 줬지. 그리고……."

까만 모자 아저씨가 나를 내려다보았다. 나도 아저씨 눈을 마주 보았다.

"네가 우리 수린이 친구로구나? 프라이데이가 데려왔다는……."

아, 수린이 아빠였구나! 나는 찔끔 눈물이 날 뻔했다.

"네. 그런데 어떻게?"

"수린이가 작은 생명의 나무에 쪽지를 남겨 놨더구나. 그래서 부랴부랴 이리로 온 거야."

그래서 수린이 작은 생명의 나무 위에 올라가 한참을 내려오지 않았던 건가?

"그런데 수린이는 어디 있니?"

"곧 만나기로 했어요. 도요새를 구해야 한댔어요. 저 아저씨가 막 이상한 소리를 내게 해서 새를 앉지 못하게……."

모양은 좀 빠지지만 되는대로 말하는 수밖에. 나는 이 말 저 말 주저리주저리 늘어놓았다. 이상한 소리를 내고 밤에도 불을 켜서 새를 쫓는다는 이야기까지, 전부!

"그래, 대강 알겠다."

그러자 조커가 버럭 소리를 질렀다.

"너, 이 자식! 어디서 거짓말이야!"

"거짓말 아니잖아요."

"시끄러워. 조그만 놈이 뭘 안다고!"

조커의 얼굴이 무슨 칠이라도 한 것처럼 벌게졌다. 나는 움찔 뒤로 물러났다.

"아무튼 이번엔 나도 가만 안 있을 걸세. 지금까지 자네 딸 내미 때문에 손해 본 거 모두 청구할 테니 그런 줄 알아. 친구라고 더는 봐주지 않을 거라고!"

"자네는 정말 달라진 게 없군."

"다 필요 없고! 자네야말로 여기 왜 나타난 거야? 이제 나 좀 그만 괴롭힐 때도 됐잖아?"

조커가 신경질을 냈다. 미간을 찡그리며 툭 튀어나온 눈알을 굴렸다.

"내가 괴롭힌 게 아니라 자네가 나를 괴롭혔지. 자네 때문에……."

"또 자네 부인 얘기 하려는 건가? 그게 왜 내 탓이야? 자네 부인은 불법 체류자였잖아."

정말 짜증이 난다는 투로 조커는 손까지 내저었다.

"아니! 자네가 그렇게 몰았지. 자네 아버님은 미신까지 들먹이며 내 아내를 몰아세웠고. 그러면 내가 마음을 돌릴 줄 알았나? 더구나 그때 아내는 병원에 있었어. 만약 자네가 시간만 조금 더 줬더라면……."

도대체 무슨 말일까? 나는 귀를 쫑긋 세웠다.

"제발 그 시간 타령 좀 그만해. 내가 병원비도 대 준다고 했잖아! 반대로 자네가 나를 도와줬더라면 그런 일 없었을 거고. 아무튼 다 지난 일이야. 이봐, 김 기사. 아직 경찰에 신고 안 했어?"

조커는 다 귀찮다는 듯 손을 홰홰 내저으며 옆에 멀뚱멀뚱 서 있는 키다리 아저씨에게 신경질적으로 말했다. 그러자 키다리 아저씨가 어디로 후닥닥 뛰어갔다.

그때였다. 계단 쪽에서 요란한 소리가 들리더니 수린이 나타났다.

"아빠!"

수린은 제 아빠를 보자마자 그 품으로 달려들었다. 그 뒤로 대머리 아저씨가 따라오고 있었다.

"그래, 괜찮니?"

"네, 저는 괜찮아요. 근데 어떻게 알고 오셨어요?"

"할아버지가 전화하셨더라. 너한테 무슨 일이 생긴 것 같다고. 그리고 작은 생명의 나무에 남긴 네 쪽지도 봤어."

수린이 고개를 끄덕였다.

나는 궁금증을 참지 못하고 끼어들었다.

"그런데 누나, 어떻게 된 거야? 아직 불이 켜져 있잖아."

"나도 모르겠어. 통제실에 가서 스위치란 스위치는 모조리 껐는데도 소리가 들려. 갯벌의 불도 안 꺼지고!"

"내가 말했지? 새는 절대 날아오지 않을 거라고."

조커가 딱 잘라 말했다. 그러자 수린도 그에 못지않게 앙칼지게 내뱉었다.

"날아올 거예요."

"흥! 무슨 수로? 그리고 어디 날아와 보라고 해! 오는 족족 모두 잡아서 박제로 만들어 버릴 테니까!"

조커가 씩 웃으며 말했다. 정말 기분 나쁜 웃음이었다. 낮에 사무실에서 본 박제가 떠올라 더 오싹하게 느껴졌다.

"어떡해요, 아빠? 지금 새가 가까이 왔어요. 엄마가 보낸 도요새가……."

수린이 울먹였다.

"수린아, 아빠가 어떻게 하면 되겠니? 울지 말고 잘 생각해 봐."

수린이 겨우 울음을 그치고 손으로 가슴을 쓸어내렸다. 그러고는 고개를 쳐들어 숨을 몰아쉬면서 아랫입술을 깨물고 젖은 눈을 깜박거렸다.

"저 빛……."

수린이 갯벌의 환한 불빛을 가리켰다.

"저 빛이 왜?"

"저 빛만 없으면 내가, 내가 해 볼 수 있어요. 저 불빛 때문에 새들이 길을 잃을 거예요. 작은 생명의 나무가 내뿜는 푸른빛을 보지 못하고 그냥 지나치고 말 거예요."

"하지만 어떻게……?"

"저 불빛만 없으면 내가 새들을 갯벌로 부를 수 있어요."

"엄마가 했던 것처럼 말이냐?"

수린은 입술을 꾹 깨물고 고개를 끄덕였다. 눈빛이 반짝였다. 도대체 무슨 일을 도스르고 있는 거지? 나는 침을 꼴깍 삼켰다.

"그게 될까?"

"물론 소음이 방해하겠지만, 새들은 제 목소리를 알아들을 거예요. 작은 생명의 나무가 내는 푸른빛도 볼 수 있을 거고요. 갯벌에 저 조명만 없다면요."

수린 아빠는 잠시 갯벌 쪽을 보며 뭔가 생각하는 듯했다. 이윽고 수린 아빠가 말했다.

"위험할 수도 있단다. 아빠도 너를 도와줄 수 없어. 오로지 너 혼자 해내야 하는 일이야. 아빠 말, 무슨 뜻인지 알겠니?"

"네, 알아요. 할 수 있어요!"

수린 아빠가 허리를 펴고 다시 곰곰이 생각에 잠겼다. 그러고는 말했다.

"변전실!"

"네?"

"내 기억이 맞다면, 구관 지하에 변전실이 있어. 이 건물에 전기를 공급하는 곳이지. 거기에 가면……."

"자네 지금 무슨 말을 하는 거야? 뭐? 어딜 간다고?"

눈치를 보고 있던 조커가 소리쳤다.

"아빠!"

수린이 아빠의 팔을 붙잡았다.

"너희들은 어서 가 봐. 여긴 내가 책임질게. 할 수 있지?"

"네!"

수린이 내 팔을 잡아끌었다.

"이것들이 가긴 어딜 가? 거기 서지 못해! 조 기사, 어서 쟤들 쫓아!"

조커 아저씨가 소리를 질렀다.

"아, 잠깐! 자네들은 나하고 이야기하세. 아이들은 좀 내버려 두고……."

수린 아빠의 목소리가 들려왔다. 나는 그 목소리를 뒤로하고 힘껏 내달았다.

"경비실로 가자! 거기에 사무실 열쇠가 있어."

수린이 말했다.

"그걸 어떻게 알아냈어?"

"몇 번 붙잡혔을 때 봤어. 말했잖아. 열쇠를 훔친 적도 있다고……."

"알았어!"

나는 더 빨리 뛰었다. 숨이 찼지만, 힘들지는 않았다.

하늘이 우리를 돕는 건지, 경비실은 비어 있었다.

"사무실 열쇠는 저쪽 캐비닛 열어 봐!"

나는 수린이 시키는 대로 했다.

수린이 가리킨 캐비닛에는 사무실 호수와 이름이 한 줄로 써 있고, 그 아래에 열쇠가 가지런히 정리되어 있었다. 나는 변전실 열쇠를 찾아 주머니에 넣었다.

"됐다! 가자!"

수린은 앞마당으로 달려 나가 사륜 오토바이 위에 훌쩍 올라탔다.

"그걸 타고 어디 가려고?"

나는 수린에게 물었다.

"저기……."

수린은 갯벌을 가리켰다.

"갯벌? 저 한복판에?"

"아니, 저 위!"

수린이 손을 조금 더 높이 들었다. 어이없게도 수린의 손끝은 갯벌 한가운데 서 있는 타워 크레인을 가리켰다.

"설마 저 위에? 누, 누나!"

"괜찮아. 조금이라도 더 높은 곳에 올라가야 새들과 더 가까워지니까!"

수린은 살짝 웃으며 오토바이의 시동을 걸었다. 그리고 다시 나에게 말했다.

"루미야, 부탁해! 열쇠는 잘 챙겨 갖고 나왔지?"

"응."

나는 주머니를 탁탁 쳤다.

"뭐 해? 어서 가지 않고. 나도 간다!"

수린은 갯벌을 향해 출발했다. 매캐한 연기와 요란한 오토바이 소리만 내 앞에 남았다.

멀어져 가는 수린을 한 번 바라보고, 하늘 높이 치솟아 있는 타워 크레인도 한 번 바라보았다. 가슴이 뛰었다. 나는 숨을 크게 내쉬고 구관 쪽으로 달렸다.

아까처럼 월 런! 그리고 화장실을 거쳐 복도로 나갔다. 지하로 내려가는 계단은 본관으로 돌아서는 모퉁이에 있었다.

변전실은 잠겨 있었다. 나는 주머니에서 열쇠를 꺼내 열쇠구멍에 꽂았다. 그리고 돌렸다. 예상과 달리 문은 쉽게 열렸다. 벽을 더듬어 전등을 켰다.

아, 그런데 이게 뭘까? 그리 넓지 않은 변전실 양쪽에는 캐비닛을 닮은 철제 박스들이 줄지어 늘어서 있었다. 뭐가 뭔지 알 수가 없었다. 가까이 가서 보니 ACB, AISS, VCB 같은 글자들이 적힌 이름표가 보였다. 그 이름표 밑에는 차단기와 집에서도 봤던 전력량계 같은 것이 가지런히 정렬돼 있었다.

그리고 소리!

위이이이잉! 위이잉!

보일러실에서 나는 소리와 비슷하지만, 그것보다 훨씬 위협적으로 들렸다.

"어휴, 뭘 어떻게 해야 하지?"

도무지 알 수가 없었다. 아무거나 만졌다가 잘못되기라도 하면? 문득 영화의 한 장면이 떠올랐다. 고압선이 끊어지면서 불꽃이 치직거리고, 합선이 되고, 불이 나는 그런 장면들. 등골이 오싹했다.

나는 아무것도 못하고 발만 동동 굴렀다.

그런데 그때 발소리가 들렸다. 나는 일단 잽싸게 문부터 잠갔다.

"문 열어! 어서 문 열지 못해?"

문을 두드리는 소리에 더욱 조바심이 났지만, 나는 대꾸하지 않고 쥐 죽은 듯 가만히 있었다.

"너 그 안에 있는 거 다 알아! 어서 문 열어. 아무거나 만지면 정말 큰일 난단 말야."

나도 그럴 거라는 생각은 들었다. 그래서 무서웠다. 밖에서 들려오는 목소리를 들으니 영화 장면이 더욱 생생하게 머릿속에 되살아났다.

그래도 하는 수 없었다. 수린이 기다리고 있는데.

나는 맨 왼쪽에 있는 차단기 손잡이를 잡았다. 고개를 돌리고 눈을 질끈 감은 채 아래로 내렸다. 그런 다음 왼편 천장 쪽의 창으로 뛰어올라 밖을 내다보았다. 아무 변화가 없었다.

되돌아와 두 번째와 세 번째 차단기를 차례로 내렸다. 그리고 다시 창문으로 기어올랐다. 구관 전체가 어두워져 있었다. 이번에는 네 번째 차단기…….

그때 문밖에서 다시 소리가 들렸다.

“너, 메인 차단기는 절대로 내리면 안 된다! 알았니?”

메인 차단기?

그 말에 나는 사방을 두리번거렸다. 빨간 버튼이 눈에 띄었다. 그 아래 차단기가 유독 컸다.

‘저거다!’

나는 천천히 손을 뻗었다. 침을 꿀꺽 삼켰다. 그리고 힘을 주어 차단기를 내렸다.

순간, 사방이 캄캄해졌다. 나는 얼른 창가로 달려가 확인했다. 창밖도 온통 어두웠다. 갯벌을 밝히던 불빛도 사라지고 없었다.

“됐어!”

나는 주먹을 꽉 쥐었다.

그런데 다음 순간, 어디서 우웅 하는 소리가 들리더니 갑자기 변전실 벽에 붙박여 있는 전등이 켜졌다. 둘러보니 한쪽 구석에 놓인 철제 박스 위쪽의 영어 글씨가 깜박이고 있었다.

Emergency Generator.

날아라 도요

비상 발전으로 가로등 몇 개와 본관 건물 일부에 불이 들어왔다. 그 외에는 사방이 암흑천지였다. 나는 변전실 열쇠를 갯벌 쪽으로 힘껏 던졌다. 그리고 은하수를 바라보며 수린이 타고 간 사륜 오토바이 바큇자국을 따라 걸었다. 처음에는 지질펀펀하다가 점차 질컥하더니 곧 발이 쑥쑥 빠졌다. 그래도 나는 조금 더 들어갔다. 하지만 종아리 아래까지 빠지는 곳부터는 더 나아가지 못했다.

그 자리에 서서 하늘을 바라보았다. 갯벌을 밝히던 불은 꺼졌지만 그리 어둡지 않았다. 달빛이 환했고, 헤아릴 수 없이 많은 별들이 반짝였다. 은하수가 서쪽 끝에서 뻗어 와 동쪽으로 흐르고 있었다. 그 한 줄기는 내 머리 위쯤에서 내려와 타워 크레인 위를 감돌았다.

그곳에 수린이 있었다. 실루엣만 보였지만, 무엇을 하고 있는지 충분히 짐작할 수 있었다. 수린은 하늘을 향해 두 팔을 벌리고 도요새를 부르고 있었다.

"휘이이이이잇, 휫휫! 휘이이이잇, 휫!"

그 소리는 수린의 목소리 같기도 했고, 진짜 새소리 같기도 했다. 나는 가만히 그 소리를 듣고 있었다.

잠시 뒤, 등 뒤에서 발소리가 들려왔다. 돌아보지 않아도 누구인지 알 것 같았다. 그는 옆에 나란히 서서 내 어깨에 손을 올렸다.

"이제 곧 도요새가 올 거다. 수린이한테 들었지? 붉은어깨도요 말이다."

수린 아빠였다.

나는 잠자코 하늘을 쳐다보았다. 착시일까? 별빛이 더 반짝이는 듯했다.

"수린이가 잘 해낼 거야. 제 엄마를 닮았거든."

"아줌마를요?"

"응."

"누나가 아줌마 얘기를 해 줬어요. 도요새에게 소식을 전해 올 거라고요."

"그랬구나."

"팔에 묶은 끈 이야기도 했어요."

"……."

"아줌마가 정말 소식을 보냈을까요? 전화도 편지도 할 수 없는 곳이라던데, 맞아요?"

"그래. 산을 몇 개나 넘고 큰 강을 두 번이나 건너야 하는 곳이지."

"거기에 도요새가 있나요?"

"응, 붉은어깨도요의 서식지란다."

상상해 보려고 했지만 잘되지 않았다. 전기도 들어오지 않고 전화도 없는 곳이라니!

"그런데 아줌마는 왜 안 오세요? 많이 아프세요?"

수린 아빠는 아무 대답이 없었다. 내 어깨에 놓인 손에 조금 더 힘이 들어갔을 뿐이었다. 나는 괜한 걸 물어봤나 싶어 무안해졌다.

"아무튼 신기해요. 그렇게 먼 곳에서 소식을 보낼 수 있다니!"

가슴이 도근거렸다. 아마 수린은 더 그럴 것이다. 그래서 저 위험한 곳을 두말없이 올라갔겠지.

문득 수린 아빠가 혼잣말처럼 입을 열었다.

"수린이 엄마는 이 세상에 없단다."

"네?"

나는 깜짝 놀라 수린 아빠를 쳐다보았다. 머리 위 하늘 저편에서 별똥별 하나가 짧은 선을 긋고는 휙 사라졌다.

"여길 떠나고 얼마 안 되어 저세상 사람이 됐지. 여기 있을 때부터 병을 앓았거든."

"정말 조커, 아니, 소장 아저씨 때문에 치료도 못 받고 쫓겨났나요? 그래서 돌아가신 거예요?"

아까 들은 이야기가 생각나 물었다. 수린 아빠는 고개를 저었다.

"꼭 그런 건 아니야. 그 사람이 무슨 짓을 해도 나는 수린이와 수린이 엄마를 지켰을 거야. 그런데 병을 발견했을 때는 이미 병이 깊어질 대로 깊어져 있었어. 그 사실을 알고 수린이 엄마가 그랬어. 수린이가 보는 데서 눈감고 싶지 않다고."

무어라 대꾸할 말이 없었다. 가슴에 찬바람이 스며들어 심장이 얼어 버릴 것만 같았다.

"수린이한테는 사실대로 말할 수가 없었단다. 하지만 수린이도 알고 있을지 몰라."

"네? 알면서도 새를 기다린다고요?"

"엄마가 없어도 붉은도요는 어김없이 그곳에서 날아오니까. 도요새마저 잃어버린다면 수린이는……."

무슨 말인지 알 것도 같고 모를 것도 같았지만 가슴이 뻐근했다.

한동안 아무도 말이 없었다.

하늘에 번진 은하수가 점점 짙어졌다. 별도 더 많아졌다. 작은 생명의 나무가 내뿜는 푸른빛은 조금 더 밝아졌고, 수린이 내는 새소리는 조금 더 커졌다.

"휘리리릿! 휘이이이이잇, 휫휫! 츄츄츄, 츄르르르릇, 츳츳!"

"정말 새가 날아올까요?"

내가 물었다.

"나는 수린이를 믿는단다. 새들도 수린이를 믿을 거야. 그나저나 네가 와 줘서 정말 고맙다. 수린이한테 큰 도움이 됐을 거야."

쑥스러웠다. 솔직히, 내가 오고 싶어서 온 건 아니었으니까. 그래서 오히려 미안하다는 생각이 더 컸다.

"내 기억이 맞다면, 네 아빠는 참 특별한 분이셨다."

"어, 우리 아빠를 아세요? 그럼 제가 누군지도요?"

"너를 처음 봤을 때, 네가 목에 걸고 있는 그 목걸이를 보고 다 짐작했단다."

"이 펜던트요?"

나는 손을 목으로 가져갔다.

"그래. 프라이데이 목에 걸려 있던 거랑 같은 모양이잖니."

나는 속으로 아빠를 불렀다. 그러자 아빠가 "펜던트 만들기를 잘했지?" 했다. 나는 씩 웃었다.

"그런데 참 이상한 일이지 않니?"

"……?"

"프라이데이 말이다. 내가 데려가겠다고 했을 때, 함께 있던 수의사는 프라이데이가 곧 죽을 거라고 안 된다고 했거든.

안락사 시킬 거라면서 데려가지 말라고 했어."

"정말요?"

"응, 맥박도 약하고 영양실조가 심각해서 오래 못 살 거라고 했지."

"그런데 어떻게 데려오셨어요?"

"그래서 이상하다는 거야. 나는 프라이데이를 꼭 데려오고 싶었어. 놈의 눈을 보고 있는데, 자꾸만 데려가 달라고 말하는 것 같았거든. 그때 네 아빠가 수의사에게 그러시더구나. '이분을 한번 믿어 보죠.'라고 말이야. 그리고 펜던트를 걸어 주셨지. 프라이데이에게 필요한 사료며 약도 챙겨 주시고, 키우는 방법까지 꼼꼼히 알려 주시고. 아, 오드아이에 대해서도 아주 자세히 들려주셨지."

"네……."

나는 수린 아빠 말에 고개를 끄덕였다. 그러다가 문득 생각나는 게 있어서 물었다.

"프라이데이 말예요. 어떻게 서울까지 간 거죠? 그리고 어떻게 다시 여기까지 왔을까요?"

수린 아빠는 웃으며 가만히 나를 내려다보기만 했다.

"물론 아빠 책에는 오드아이 고양이가 길을 잘 찾는다고 쓰여 있긴 해요."

"네 아빠가 그러시더라. 사람이든 짐승이든 진심으로 대하면 얼마든지 마음이 통할 수 있다고. 난 그걸 믿었다. 수린이의 뜻이 그랬고, 내 마음이 그랬어. 너는 그 말을 이해할 것 같은데?"

자신 있게 대답할 수는 없었다. 다만 아빠가 들려준 이야기가 잠깐 떠올랐다.

"아빠가 고등학교 다닐 때, 혼자 서울에 올라와 자취를 했다. 학비를 마련하려고 새벽마다 신문이랑 우유를 배달했지.

어느 겨울 새벽이었어. 정신없이 배달하고 있는데, 다리를 몹시 심하게 다친 고양이가 있더라고. 그대로 두면 얼어 죽을 것 같아서 집에 데려와 치료해 주고 사료도 사 먹였지. 녀석은 다 나았는데도 멀리 가지 않고 내 자취방 주변을 맴돌았어. 나중에는 끼니때마다 제 친구들까지 데려오더라. 그냥 그런가 보다 했지.

그런데 아빠가 살던 집에 난데없이 큰불이 났어. 아빠는 하도 곤하게 잠들어서 불이 난 것도 까맣게 몰랐지. 고양이들이 극성스럽게 울고 방문을 할퀴어 대지 않았으면 아빠는 그날 큰일을 당했을 거야."

은혜 갚은 고양이! 그 생각에 빠져 잠시 넋을 놓고 있는데, 수린 아빠가 말을 이었다.

"그래, 우린 통했지. 설사 내가 프라이데이를 데려오지 않았어도……."

수린 아빠가 여기까지 말했을 때 이상한 소리가 들렸다. 수린 아빠는 말을 끊고 하늘을 쳐다보았다. 그다음에 무슨 말이 이어질지 궁금했지만, 물어볼 수가 없었다. 소리가 점점 더 커지고 있었기 때문이었다. 웬일인지 수린 아빠는 알 수 없는 미소를 짓고 있었다.

우우우우우웅, 우우우웅, 웅웅!

엄청난 굉음이 공기를 흔들고 땅을 울렸다. 온몸에 전기가 흐르는 것처럼 찌릿찌릿했다.

"새가 오는구나!"

수린 아빠가 나지막한 소리로 말했다. 때맞추어 수린의 목소리도 커졌다.

"휘리리릿! 휘이이이이잇, 휫휫! 츄츄츄, 츄르르르릇!"

그때 나는 보았다. 생명의 나무에서 푸르게 타오르는 초록빛. 그 빛은 아까보다 더욱 푸르고 밝게 서쪽 하늘을 비추며 그쪽 바다로 흘러갔다. 그리고 그 끝에서 새 떼가 나타났다. 생명의 나무가 만들어 내는 빛에 감싸인 수백 마리의 새가 푸른 실루엣을 만들며 은하수를 헤엄쳐 오고 있었다.

"아, 아저씨! 작은 생명의 나무가 빛을 내고 있어요. 그 빛을 따라 새들이 날아오고 있고요. 아저씨, 보이세요?"

나도 모르게 중얼거렸다. 그러나 수린 아빠는 아무 대꾸가 없었다.

새들은 일제히 타워 크레인, 아니, 수린의 머리 위에서 맴을 돌았다. 소용돌이를 일으키듯 돌다가 다시 위로 솟구치기도 하고, 수린의 어깨며 머리 위에 앉았다가 날아가기도 했다. 그러고는 드디어 하나둘 갯벌에 내려앉았다.

"아저씨!"

"그래, 수린이가 해냈구나."

"아니, 저 새 좀 보세요."

나는 몇 발짝 앞에 앉은 수십 마리의 새 중에서 한 마리를 가리켰다. 그 새의 다리에 끈이 묶여 있었다. 자세히 보이지는 않았지만, 틀림없어 보였다. 수린이 손목에 묶고 있는 끈과 흡사한 매듭.

"……!"

수린 아빠가 무심코 한 걸음 다가서자, 그 새는 푸드덕 날아올랐다.

그때, 수린 아빠가 잊고 있었다는 듯 물었다.

"참, 조금 전에 뭐라고 했니? 빛이 어떻다고? 난 아무것도 보지 못했다만……."

"네? 정말요?"

깜짝 놀라 되물었다. 그 빛이 수린 아빠 눈에는 보이지 않고 오로지 내 눈에만 보인 건가? 설마, 그럴 리가!

수린 아빠는 고개를 갸웃거렸다. 답답했다.

"저, 그게요, 저 작은 생명의 나무에서……."

이렇게 말하다가 나는 입을 다물었다. 수린 아빠 등 뒤, 해안 도로 쪽에서 줄지어 달려오는 불빛들이 보였기 때문이다. 자동차 불빛이었다. 빨갛고 파란 등이 반짝이는 걸 보니 경찰차가 틀림없었다. 내가 올려다보자 수린 아빠는 내 손을 꽉 잡았다.

갯벌을 나와 본관 건물로 향하면서 아빠에게 꼭 해 줄 말이 생각났다. 나는 "수린이 누나 아빠는, 아빠가 특별하다고 했어요. 좋은 사람이라는 뜻이겠죠?" 하면서 웃었다. 아빠가 말없이 활짝 웃는 모습이 떠올라 가슴이 뜨거워졌다.

본관 건물 앞에서는 경찰관 두 명이 기다리고 있었다.

"채명률 씨 맞습니까?"

배가 불룩 나온 경찰관이 다가오며 물었다.

"네, 맞습니다. 그런데 다른 아이들은 어디에 있습니까?"

수린 아빠가 현관 쪽을 기웃거리면서 물었다.

"무단 침입, 기물 파손, 업무 방해로 신고가 들어왔네요."

옆에 있던 젊은 경찰관이 이어 말했다.

"그건 알겠고, 다른 아이들 어딨느냐고 물었잖습니까?"

"일단 안으로 들어가시지요."

배 나온 경찰관이 현관 쪽을 가리켰다.

수린은 아빠 손을 잡고, 나는 수린 옆에 서서 현관으로 들어갔다. 젊은 경찰관이 2층으로 우리를 데려갔다. 수린과 내가 붙잡혔다가 유리창을 깨고 탈출한 방이었다.

형주 패거리가 모두 그 방에 있었다. 한쪽 구석 의자에 몰려 앉은 놈들을 회색 옷을 입은 아저씨 두 명이 에두르고 있었다.

조커도 있었다. 조커는 수린 아빠의 친구와 마주 서서 목소리를 높이고 있었다.

"자네가 뭘 알아? 평생 배만 타고 물고기나 잡은 사람이!"

"이봐, 내가 아무리 무식해도 자네가 하는 일이 잘못됐다는 것 정도는 알아."

"뭐라고? 내가 뭘 잘못했는데?"

"그걸 몰라서 묻나? 주민들한테 양식장 개발 비용을 지원하겠다는 약속, 어업 활동을 방해하지 않겠다는 약속도 안 지켰잖아."

"그거야……."

"양식장 개발 비용을 지원하기는커녕, 공사한다고 갯벌을 막아 아무도 들어가지 못하게 했어."

"이봐! 그건 앞으로 차차 할 거란 말야."

"그뿐이 아닐세. 공사 차량 우회 도로를 만들겠다 약속해 놓고 지키지 않아서 마을 사람들 여럿이 교통사고를 당했네. 그중에는 자네 큰아버님도 계시고. 심지어 아랫마을 명주 아버님은 끝내 돌아가시고 말았잖아. 그때도 자네는 조의금 백만 원 내는 걸로 입을 싹 씻었지."

"이 사람이 정말!"

"아, 잠깐만요."

둘의 목소리가 더 높아질 즈음, 배가 불룩 나온 경찰관이 끼어들었다.

“사적인 얘기는 나중에 하시고, 도대체 무슨 일로 신고한 건지 자세히 설명 좀 해 주시죠.”

“아까 전화로 다 말했잖습니까. 여기 이 사람이 아이들을 꾀어 이곳에 불법으로 들어왔고, 기물을 파손한 데다 전기까지…….”

“전기요?”

“그래요. 저 공사장에 불이 다 꺼졌잖아요.”

경찰관이 수린 아빠를 힐끗거리며 말했다.

“채명률 씨가 그랬다는 건가요?”

“당연하죠. 아이들을 선동해서 한 짓이에요.”

“그런데 한밤중에 불은 왜 켜 놓는 겁니까?”

“그, 그것까지 알 건 없잖아요.”

조커가 당황한 듯 급히 얼버무렸다.

“그것참, 뭐라는 건지.”

배 나온 경찰관이 모자를 벗으며 이마의 땀을 닦았다.

“좋아요. 그럼 채명률 씨는 왜 여기에 들어온 겁니까?”

“도요새를 구해야 하니까요.”

“새를 구한다고요? 아, 이건 또 무슨 소리예요?”

“거참! 정말 이 사람들 얼른 안 잡아갈 거예요? 아니, 파출소장은 안 온 거요?”

조커가 소리를 질렀다.

"소장님은 강화도에 나가셨어요. 그리고 당신, 나한테 반말한 겁니까?"

"에이, 정말. 지금 그게 중요해? 당신이 답답하게 구니까 이러잖아. 어서 잡아가라고, 어서! 이 사람 잡아다 감방에 넣고, 이 애새끼들은 소년원에 처넣고. 알았어?"

말이 점점 더 험악해졌다. 나는 슬그머니 뒤로 물러났다. 감방, 소년원, 이런 단어들이 목을 조르고 가슴을 짓누르는 느낌이었다. 형주 패거리는 겁먹은 표정으로 조커를 힐끔거렸다.

"알았으니까 좀 진정하시죠."

배 나온 경찰관이 손을 내저으며 연신 이마의 땀을 닦았다.

그때였다. 주머니에서 휴대폰이 진동했다. 한 번, 두 번, 세 번……. 열 번, 아니, 스무 번도 넘게 부르르 떨어댔다. 전화는 아니었다. 느낌으로는 메시지 도착을 알리는 진동이 틀림없었다. 아까 차단기를 내려서 휴대폰이 작동하는구나! 나는 조커의 눈치를 보면서 주머니에 손을 넣었지만 휴대폰을 꺼내 볼 엄두는 내지 못했다.

"아까 뭐라셨죠? 새가 뭐 어떻다고요?"

배 나온 경찰관이 이번에는 수린 아빠에게 물었다.

"이맘때는 도요새가 날아올 철이에요. 저 갯벌에 앉아 먹이를 먹고 시베리아로 날아가지요."

"그런데요?"

"이 공사를 시작하고부터 소음과 불빛 때문에 도요새가 앉지를 못하고 있어요."

"그래서 이 난리를 피운 겁니까?"

"난리가 아니라 갯벌의 불을 껐을 뿐이에요. 아까 보셨잖아요. 새들이 갯벌에 내려앉는 거 말예요."

"보기야 했지만……. 에이, 그게 말이 됩니까?"

그때 수린이 나섰다.

"붉은어깨도요는 반드시 자기가 내렸던 곳으로만 날아와요. 엄마가 그랬어요. 그런데 이 갯벌에 내려앉지 못하면 아무것도 먹지 못한 채 시베리아로 가야 한단 말이에요. 그러다간 날아가는 도중에 다 죽고 말 거예요."

"뭐라고?"

"그런데 저 아저씨가 일부러 밤에도 불을 켜 놓고 이상한 소리를 내서 새를 쫓았단 말이에요."

수린이 조커를 가리키며 말했다. 그러자 조커가 경찰관을 향해 말했다.

"아이들 말을 믿는 거요? 쟤는 지금 제 아빠 편을 드느라 저러는 거예요."

"아아, 알았다니까요!"

"그런데 방화는 뭐예요?"

잠자코 있던 젊은 경찰관이 나서서 물었다.

"그건 저 고삐리 놈들 짓이고……."

조커가 형주와 준호, 우진이를 턱짓으로 가리켰다.

고삐리? 하긴 쟤들은 덩치가 좀 있어서 고등학생으로 보일만도 했다. 형주 패거리는 움찔해서 고개를 숙였다.

"아, 좋아요. 그럼 일단 파출소로 갑시다. 그게 낫겠어요. 자, 전부 이리 나와요."

배 나온 경찰관이 양손을 홰홰 저으며 말하자, 조커가 한마디 툭 던졌다.

"진작 그럴 일이지."

그때 치직거리는 소리가 들렸다. 배 나온 경찰관이 제복 뒷주머니에 꽂아 넣은 무전기에서 나는 소리였다.

"네. …… 아, 서장님!"

배 나온 경찰관이 무전기를 꺼내 들며 복도로 나갔다. 중간중간 끊기기는 했지만, 문이 열려 있어서 대충 무슨 소린지 다 들렸다.

"네? 네, 말씀하십시오. 치이이익! 치지직! 네? 해양 경찰요? 그럼 여기……. 치지지지직! 다시 말씀해 주십시오. 납치라고요? 저는 여기 리조트 공사장……. 네? 누구요? 이루미, 조형주, 윤준호, 최우진……."

배 나온 경찰관의 입에서 내 이름뿐 아니라 형주 패거리의 이름까지 모두 튀어나왔다. 무슨 일이지? 얼낌덜낌에 또 무슨 일이 덧걸리고 있는 걸까?

"이루미가 누구냐?"

배 나온 경찰관이 돌아와서 형주 패거리와 나를 번갈아 보며 물었다. 나는 손을 반쯤 올렸다.

"그럼 조형주는? 윤준호? 최우진?"

형주 패거리도 자기 이름이 불릴 때마다 한 사람씩 손을 들었다.

배 나온 경찰관은 일일이 확인한 다음 또 물었다.

"집은 서울이고, 오원중학교 삼 학년?"

"네, 맞아요."

"그럼 너희가 강화도에서 실종됐다는 애들이구나."

"실종요?"

형주가 목소리를 높이며 되물었다.

이틀째 소식이 없으니, 엄마나 담임이 분명히 실종 신고를 했을 거다.

그런데 배 나온 경찰관이 조커에게 뜻밖의 말을 했다.

"소장님이 이 아이들을 납치했다는 신고가 들어왔다는데요?"

"뭐, 뭐라구요?"

조커가 소리를 질렀다. 나는 귀를 쫑긋 세웠다.

"지금 경찰서장님한테서 연락이 왔습니다. 해양 경찰대와 함께 이리로 오고 계시답니다."

"지금 무슨 소리를 하고 있어요?"

"누가 제보를 했다는군요. 지금 강화도 경찰서가 발칵 뒤집혀서, 지원 병력과 함께 이리로 출동했대요."

그러자 조커는 수린 아빠에게 바짝 다가가 말했다.

"자네가 한 짓이지?"

수린 아빠는 고개를 저었다.

"그럼 네놈들이 그랬구나?"

조커가 이번에는 형주 패거리를 향해 물었다.

"아, 아녜요. 여기는 전화도 안 터지잖아요."

형주가 도리질을 하며 소리쳤다.

어떻게 된 일인지 겁이 나면서도 한편으로는 누가 그런 신고를 했을지 궁금했다. 전화기를 꺼내 보고 싶었다. 누가 보낸 메시지인지는 모르지만, 그 안에 실마리가 들어 있을 것 같다는 느낌이 들었다. 하지만 선뜻 그럴 수가 없었다.

"좋아! 갈 데까지 가 보자고!"

조커는 의자에 털썩 주저앉았다.

배 나온 경찰관이 젊은 경찰관에게 말했다.

"자네는 파출소에 연락해서 당직자 한 사람만 남기고 다 이리로 오라고 해."

그러자 젊은 경찰관이 무전기를 들고 바깥으로 나갔다.

거의 동시에 조커도 일어나 밖으로 나가려고 했다. 하지만 배 나온 경찰관이 막아섰다.

"어딜 가시게요? 일단 여기 계세요. 서장님과 해양 경찰이 올 때까지 아무 데도 못 가십니다. 서장님이 신병을 확보해 두라고 하셔서……."

"정말 이럴 거요? 남의 사무실에 무단으로 침입해서 기물까지 파손한 놈들은 내버려 두고, 왜 나를 죄인 취급 하는 겁니까?"

"아무튼 해양 경비정을 타고 삼십 분 뒤면 도착하신다고 하니, 여기서 기다려 주세요."

"뭐요?"

"그러잖아도 실종된 아이들을 찾겠다고 이 아이들 부모님들이 강화도에 와 있대요."

"무슨 이런 경우가 다 있어!"

신경질을 부렸지만, 결국 조커는 자리에 도로 앉았다.

가슴이 철렁 내려앉았다. 엄마가 강화도에 와 있다고? 어차피 한번은 부딪쳐야 할 일이지만, 이런 꼴로 엄마를 마주해야 한다니…….

"괜찮아. 아무 일 없을 거야."

수린 아빠가 나와 형주 패거리를 향해 말했다.

나는 뒤로 물러나 형주 패거리 쪽으로 두어 발짝 더 다가갔다. 그리고 천천히 휴대폰을 꺼냈다. 메시지 아이콘을 눌렀다. 이 섬에 들어오던 날부터 엄마한테서 17개, 담임한테서 7개의 메시지가 와 있었다.

루미야, 어디에 있는 거니?

너 정말 이럴 거니? 엄마가 미안하다. 제발 답 좀 해 다오.

진짜 무사한 거지?

……

메시지가 계속 이어졌는데, 마지막 메시지는 아주 간절하게 느껴졌다.

너희 진짜 납치된 거니?

엄마가 갈 때까지 무사히만 있어 다오. 사랑한다, 루미야!

하느님이, 그리고 아빠가 지켜 주실 거야! 아무 일도 없을 거야. 제발…….

도대체 어떻게 된 걸까?

그때 나는 우진이가 아저씨들 눈치를 보면서 희미하게 씨익 웃는 모습을 보았다.

멀리서 사이렌 소리가 들렸다. 그 소리에 팔짱을 낀 채 앉아 있던 조커가 창가로 달려갔다. 다른 사람들도 하나둘씩 창문으로 다가가 서성댔다.

"너희가 그랬지?"

사람들이 웅성대는 틈에 나는 형주 패거리에게 더 가까이 가서 물어보았다. 물불 가리지 않고 능히 그런 짓을 할 만한 놈들이니까.

"뭘?"

"납치당했다고 신고한 거 말야. 어떻게 한 거야?"

"준호가 했어."

우진이가 준호를 가리켰다. 놈은 어깨를 으쓱해 보였다.

"아니야, 내가 신고한 거. 어떻게 된 일인지 나도 잘 몰라. 난 그저 우진이가 찍은 동영상을 담탱이한테 보냈을 뿐이야."

"무슨 동영상?"

"그거 있잖아. 너희들 붙잡혔을 때, 저 아저씨가 막 윽박지르고 그러던 거 말야."

아, 그 동영상을 봤다면 뭔가 오해했을 만도 하겠다. 그런데 그걸 무슨 수로 전송한 거지?

"어떻게? 휴대폰 안 터지잖아."

"컴퓨터로 했지."

"뭐? 컴퓨터?"

"그래. 너네 둘이 여기 들어오고 나서 한참 있다가 우리도 침투했거든."

"그래서?"

"막상 들어와 보니 우리가 딱히 할 일도 없고 해서 아무 방에나 들어갔는데, 컴퓨터가 있더라고."

"맞아, 사무실 같은 데였어."

우진이가 거들었다.

"그래서 뭐, 아무 컴퓨터나 켜고 메신저 깔아서 전송했지."

"그게 다야?"

"우리 엄마한테도 보내고, 얘네 엄마한테도 보냈어."

그러고는 준호가 말끝을 흐리며 힐끔 나를 바라보았다. 그래서 내가 다그쳤다.

"그럼 혹시 우리 엄마한테도 보냈어?"

"당연하지."

"전화번호는 어떻게 알았어?"

"비상 연락망. 거기에 부모님 전화번호도 있거든."

할 말이 없었다. 고맙다고 해야 할지, 왜 그랬느냐고 따져 물어야 할지…….

"그리고 또?"

"학교 홈페이지랑 친구들 SNS에도 올렸지. 내가 그러라고 했어."

그때까지 듣고만 있던 형주가 입을 열었다.

"야, 이거 봐. 이제 휴대폰 된다!"

그 말에 우진이가 슬그머니 휴대폰을 꺼내 만지작거리더니 나에게 내밀었다. 반 친구들 모두가 가입되어 있는 단체 대화방이었다.

토요새 구출 작전 프로젝트－납치된 프리러너를 구출하라!

어휴, 이런 걸 제목으로 달다니! 놈의 초딩스러운 발상은 이런 때도 변함이 없구나. 게다가 '토요새'가 뭐냐? 무엇보다 '납치'라는 단어 때문에 머리털이 곤두섰다.

제목을 터치하자 곧 화면이 열렸다. 글의 내용은 더 가관이었다.

201x년 5월 11일, 인천시 강화읍 xx리 외딴 섬의 씨월드 리조트 개발 공사장, 시베리아로 향하는 도요새를 구하기 위해 프리러너와 고양이 소녀, 그리고 진 · 대 · 우 삼총사가 침투하다. 선발대는 프리러너와 고양이 소녀. 진 · 대 · 우 삼총사는 서쪽 후방 절벽에서 캠프파이어에 쓰려고 준비해 두었던 폭죽을 쏘아 올려 적을 교란함. 이어 적을 혼란에 빠뜨리고 적진에 무사히 침투. 납치된 프리러너와 고양이 소녀를 구하기 위해 비밀 작전 수행 중. 여기 천재적인 두뇌의 소유자 지니 요원과 컴퓨터 전문가 대니 요원은 적진을 촬영한 화면을 올린다. 다음 활약을 기대하시라.

헐, 소리가 절로 나왔다. 지니는 우진이고, 대니는 준호겠지. 이 글을 쓴 놈은 보나 마나 우진일 테고. 아무튼 우진이란 놈, 쓸데없는 영화를 너무 많이 본 것 같다. 나탈거리는 너름새에 나는 혀를 내둘렀다. 이 정도라면 형주 말에 충분히 공감할 수 있겠다. 놈은 스티븐은 될 수 있어도 스필버그는 못 된다는 말.

그사이에 달린 댓글 30여 개는 또 어떻고.

쾌걸조류 이거 레알임?

니콜키크드만 야! 너희들 정말 납치된 거야? 담임한테 알려야 되는 거 아니야?

헨젤과그랬대 후덜덜……!

항문의영광 심장이 쫄깃쫄깃해지는뎅~

달려야하니? 퍼 가용~

루돌프가슴커 저 여자 사람은 누굴까요?

빠름빠름 신고부터~

(re) **내머리에루트** 벌써 경찰청 사이트에 올렸음!

(re) **개고기콘서트** 개뻥 치시네~

(re) **내머리에루트** 뻥 아님. 사이트 들어가서 확인해 보삼!

왕자탄백마 저 조커 닮은 아저씨, 7반 최명선이랑 싱크로율 100퍼센트! 졸라 병맛!

방구맛캔디 내가 얘네들한테 전화해 봤는데, 전부 불통이야. 이거 정말인 거야?

루돌프가슴커 야변 선생, 삥치지 마삼! 야동이나 따끈따끈한 걸로 올려 주삼!

오줌의마법사 근데 토요새는 머임? 토요일에 날아다니는 새?

얼굴이 화끈거렸다.

나는 동영상 세 개를 차례로 터치했다. 첫 번째 동영상은 나와 수린이 붙잡혀 있던 장면 그대로였고, 두 번째 동영상은 폭죽이 터지고 불꽃이 사방으로 흩어지는 장면이었다. 그리고 세 번째 동영상에는 절벽에서 공사 중인 건물로 뛰어내리는 내 모습이 담겨 있었다.

"야! 이거 댓글 달아 줄까?"

우진이 말했다.

"당근이지!"

준호가 휴대폰을 빼앗으며 말했다.

이제 더 말하지 않아도 알 것 같았다. 머릿속으로 그림이 또렷이 그려졌다. 동영상 메일을 받은 담임이 학교와 엄마들에게 알렸을 것이고, 엄마들도 그 메일을 받았다며 맞장구쳤을 것이다. 엄마들이 모이고 교장과 교감, 담임이 경찰에 신고해서 당장 강화도로 달려왔을 테지. 발신지 추적은 당연히 했을 테고.

그런데 일이 너무 커진 건 아닐까? 해양 경찰이라니!

사이렌 소리가 가까워졌다. 나도 일어나 창밖을 내다보았다. 자동차가 모두 다섯 대였다. 자동차는 울퉁불퉁한 진입로를 통과해 막 공사장 정문 안으로 들어서고 있었다.

"뭐가 저렇게 많아? 저거 정말 해양 경찰이잖아!"

"도대체 무슨 일이야?"

아저씨들이 중얼거렸다.

"헉!"

창밖을 내다보던 나는 깜짝 놀라 입을 다물고 말았다. 첫 번째 자동차는 경찰차였고 두 번째와 세 번째로 들어온 자동차는 승합차였는데, 그 안에서 총을 든 경찰들이 우르르 쏟아져 나왔기 때문이다. 그리고 네 번째 자동차도 승합차였는데, 거기에서 엄마가 나왔다.

"어, 엄마!"

나도 모르게 입술이 떨렸다.

준호와 우진이 부모님들도, 담임과 교감도 내렸다. 걱정하던 대로였다. 도대체 일이 얼마나 커졌기에……. 가슴이 두근거리기 시작했다.

그때, 준호와 우진이가 우르르 창 쪽으로 달려갔다.

"엄마다! 교감 샘도 왔어. 담임도 있는데?"

"우아, 대박! 저거 뭐냐? 경찰이 무슨 테러단 소탕 작전이라도 하러 온 거 같아."

"야, 뭐 해? 얼른 찍어서 올려야지!"

"맞아! 우리의 활약상을 전하자!"

우진이와 준호가 저희들끼리 새살스럽게 수선을 피웠다. 나는 놈들 사이를 빠져나왔다.

그러자 수린이 옆으로 다가와서 내 손을 잡았다.

"고마워. 네 덕분에 도요새를 구했어."

"내가 뭘……."

수린이 손을 잡고 있어서인지 얼굴이 화끈거렸다. 그래서 뒷말을 잇지 못했다.

"아니야. 네가 없었으면 아무것도 못했을 거야. 이제 내일 아침에 엄마가 보낸 도요새만 찾으면 돼. 초록색 실이랑 검은색 실이 어떻게 묶여 있을지 궁금해."

뭐라고 말해야 좋을지 몰라 공연히 여기저기 두리번거렸다. 언제부터 와 있었는지 창가에 앉아 있는 프라이데이가 눈에 띄었다.

"어쨌든 나도 프라이데이의 도움을 많이 받았어. 몇 번씩이나 나를 지켜 줬거든."

"맞아, 프라이데이. 그리고 너희 아빠."

"우리 아빠?"

"응. 너네 아빠가 프라이데이를 보내 주지 않았으면, 네가 여기 오지도 않았을 테니까."

"그, 그런 셈인가?"

나와 수린이 하는 말을 알아들은 걸까? 프라이데이가 "야오오오옹!" 하고 울었다. 그 소리가 불현듯 한 가지 생각을 일깨웠다.

"그런데 누나, 궁금한 게 있어."

"뭔데?"

"작은 생명의 나무에서 나오는 푸른빛, 누나도 보이지? 설마 나한테만 보이는 거야? 그러니까 내 말은, 그 나무에서 나오는 푸른빛……."

그때였다.

"루미야!"

출입문에 엄마가 서 있었다. 준호와 우진이를 부르는 목소리도 들렸다. 담임도 있었고, 교감 얼굴도 보였다. 그리고 분주하게 오가는 경찰관들…….

엄마가 내게로 걸어왔다.

엄마는 소리도 내지 않고 눈물만 흘렸다. 서두르지 않고 가만가만 다가와 말없이 나를 안았다.

아!

엄마가 보듬어 주는 순간, 지금까지의 모든 걱정과 근심이 사라지고 한껏 잡아당긴 낚싯줄처럼 팽팽했던 긴장감이 일시에 느슨해졌다. 동시에 어깨가 떨리면서 눈물이 나오려고 했다. 그걸 느꼈는지 엄마는 나를 더 힘껏 끌어안았다.

"너, 무사한 거지? 어디 다친 데는 없고?"

엄마가 한참 만에 팔을 풀고 물었다. 나는 고개를 끄덕였다.

"다행이다. 아빠가 지켜 주셨나 보다, 내 아들!"

엄마는 눈물이 그렁그렁한 채 말했다.

참았던 눈물이 왈칵 솟았다.

'저는 괜찮아요. 그리고 죄송해요.'

말하고 싶었지만, 흐느끼는 소리만 입에서 새어 나왔다.

"얼굴이 많이 상했구나. 제대로 먹지도 씻지도 못했으니!"

엄마가 내 얼굴을 쓰다듬으며 말했다. 나는 한참 동안 엄마를 끌어안았다.

'아빠가 제게 부탁했어요, 엄마. 엄마한테 꼭 미안하다고 전해 달래요. 그렇죠, 아빠?'

엄마가 다 안다는 듯이 내 어깨와 등을 쓸어내렸다.

엄마의 어깨 너머, 멀리 창밖으로 여전히 푸른빛을 내뿜고 있는 작은 생명의 나무가 보였다. 저 빛은 정말로 수린과 나, 그리고 새들에게만 보이는 걸까?

프라이데이의 울음소리가 아득하게 들렸다.

"야아아아아아옹!"

1

소설가의 소설 한 편이, 단숨에 세상을 바꿀 수는 없겠지요. 그럼에도 불구하고 나는, 한 편의 소설로 한 사람의 생각을, 한 사람의 마음을 바꾸어 가는 것이 꿈입니다.

맞아요. 열다섯 살 무렵부터, 나는 누군가 꿈이 무어냐고 물을 때마다 '작가가 되고 싶다'고 말했습니다. 그리고 나는, 보잘 것 없지만 작가가 되었습니다. 이상한 건, 마땅히 기뻐야 하는데 기쁘지가 않았어요. 어이없게 들릴지 모르지만, 나는 소설가가 되고 나서야 나에게는 꿈이 없었다는 걸 깨달은 거예요. 내가 믿었던 꿈이란, 단순히 '하고 싶은 일'에 불과했습니다.

그래서 나는 다시 꿈을 꾸었습니다. 한 사람의 생각을, 한 사람의 마음을 바꾸어 가는 것. 그 꿈을 이루기 위해서 소설가가 되어야 했던 것이지요. 나는 그 꿈을 이루기 위해서 또 한 편의 소설을 썼습니다.

2

'루미'라는 아이가 끊임없이 달리고 있습니다. 그런데 어찌 보면 그 달리는 모습이 도망을 치는 것 같기도 하고, 무작정 달리는 것 같기도 해요. 네, 이 이야기는 캣 리프, 사이드 플립쯤은 쉽게 할 수 있는 프리러닝 소년의 이야기입니다. 그래야만 견딜 수 있는 조금은 외로운 소년이 주인공이지요. 다행스러운 건, 루미와 또 다른 아이들은 '수린'이라는 소녀에 의해서 달려온 길을 돌아보고, 옆을 둘러볼 여유가 생겼다는 것입니다. 그리고 뜻밖에도 더 소중한 것을 발견하게 되었어요. 덕분에 그들은 이제 진짜 친구가 되었고 더 '큰 것'을 얻었지요. 수린이 루미에게 그랬듯, 내 한 편의 이야기가 여러분의 곁에 머물며 지나온 길을 돌아보고 옆 사람을 다독이게 해 준다면 바랄 게 없지요. 그게 나의 꿈입니다.

3

다음에는, 일흔여덟 가지의 라면 요리를 할 줄 아는 소녀와 아빠 이야기를, 또 2134년 12월 24일에 베트남계 엄마와 조선족 출신의 아빠 사이에서 태어난 '한국인 소녀'가 에너지 고갈로 폐허가 된 서울에서 살아가는 이야기를 쓸 거예요. 그 이야기가 끝나면, 학교 앞에서 아이들의 '타로점을 봐 주는 시인'이 되고픈 아이의 이야기를 준비하겠습니다. 그리고 400년 전으로 되돌아가서 홀로 일본을 거쳐 '네덜란드로 유학을 떠났던 아이'를 보여 드릴게요. 그 아이들 틈에서 내 꿈을 되돌아보려고 합니다.

4

사계절출판사에 많은 고마움을 전합니다. 그리고 무엇보다 저의 꿈을 조금씩 이루어 내도록 용기를 주신 박상률 선생님, 이옥수 선생님께 감사드립니다.

한정영

오드아이 프라이데이

2014년 12월 23일 1판 1쇄

지은이 : 한정영

편집 : 김태희, 이혜재, 김민희 | 디자인 : 백창훈
제작 : 박홍기 | 마케팅 : 이병규, 최영미, 양현범, 정은숙

출력 : 한국커뮤니케이션 | 인쇄 : 한승문화사 | 제책 : 정문바인텍

펴낸이 : 강맑실
펴낸곳 : (주)사계절출판사 | 등록 : 제406-2003-034호
주소 : (우)413-120 경기도 파주시 회동길 252
전화 : 031)955-8588, 8558 | 전송 : 마케팅부 031)955-8595 편집부 031)955-8596
홈페이지 : www.sakyejul.co.kr | 전자우편 : skj@sakyejul.co.kr
독자카페 : 사계절 책 향기가 나는 집 cafe.naver.com/sakyejul
페이스북 : facebook.com/sakyejul | 트위터 : twitter.com/sakyejul

값은 뒤표지에 적혀 있습니다. 잘못 만든 책은 구입하신 서점에서 바꾸어 드립니다.
사계절출판사는 성장의 의미를 생각합니다. 사계절출판사는 독자 여러분의 의견에 늘 귀 기울이고 있습니다.

ISBN 978-89-5828-807-7 44810
ISBN 978-89-5828-473-4 (세트)

이 도서의 국립중앙도서관 출판시도서목록(CIP)은 e-CIP 홈페이지(http://www.nl.go.kr/cip.php)에서
이용하실 수 있습니다.(CIP제어번호: CIP2014035193)